जीना इसी का नाम है

ग़ज़ल संग्रह

डॉ. शाहिदा

Title : Jeena isi ka naam hai
Author : Dr. Shaheda

Published By-
Anjuman Prakashan
942, Mutthiganj, Prayagraj, 211003
www.anjumanpublication.com
anjumanprakashan@gmail.com

Price in India: 250.00/-

Printed and bound in India.
Paperback, First published by Anjuman Prakashan in 2024
Copyright © 2024 Dr. Shaheda
Printing rights reserved : Anjuman Prakashan 2024
Cover & Typeset by Anjuman Prakashan

ISBN : 978-81-19562-49-7

प्रस्तावना

ये दुनिया और जीव विधाता की अनमोल अभिव्यक्ति है।

ज़िन्दगी में हर इन्सान को सुख- दुख, प्रेम-घृणा, जीत-हार, मित्र-शत्रु, वफ़ा-बेवफ़ाई दोनो का स्वाद समय समय पर चखना पड़ता है पर जो इन्सान ख़ुद को हार कर किसी को जीत दिलाता है उसको ईश्वर कभी हार की पीड़ा नहीं होने देता। हम ज़िन्दगी के इन्हीं खट्टे-मीठे अनुभवों के साथ जीते रहे।

मुझे हिन्दी अंग्रेजी और उर्दू साहित्य में विशेष लगाव था। दर्शनशास्त्र में विशेष रुचि के कारण गीता के कर्मवाद का मेरे जीवन पर बहुत अधिक प्रभाव पड़ा।

मैं आभारी हूँ स्व. इम्तियाज़ुद्दीन साहब, स्व. गुलाब खण्डेलवाल जी, डॉ शैलेन्द्र प्रताप सिंह जी, डॉ दयाराम मौर्य "रत्न" जी, डॉ संगमलाल त्रिपाठी "भंवर" जी, आफ़ताब जौनपुरी की, जिनकी रचनाओं को पढ़कर और जिनके सानिध्य में रह कर साहित्यिक गोष्ठियों में जाने का ख़ूब अवसर मिला जिसके कारण साहित्य के क्षेत्र में कुछ करने की इच्छा प्रबल हुई।

मेरी पहली ग़ज़ल संग्रह **"आईना"** वर्ष 2006 में प्रकाशित हुई। वर्ष 2021 में **"एन्जिल्स"** (साझा काव्य संग्रह) का प्रकाशन कार्य मेरे द्वारा किया गया जिसमें लगभग देश के कोने कोने से 115 कवियो की 150 रचनाएं प्रकाशित हुई। वर्ष 2023 में मेरा प्रसिद्ध ग़ज़ल संग्रह **मैं शायर तो नहीं** अंजुमन प्रकाशन द्वारा प्रकाशित हुआ और साहित्य के क्षेत्र में आला मक़ाम हासिल किया।

2024 में ज़िन्दगी से रूबरू कराती हुई ग़ज़लों का नया संग्रह **जीना इसी का नाम है** आपके हाथों में है। ये ग़ज़ल संग्रह हार- जीत ग़म- ख़ुशी, जीना- मरना, मिलना-बिछुड़ना आदि का संगम है। इन्सान को हर हाल में ज़िन्दगी में आगे बढ़ने की कोशिश करना चाहिए।

सृष्टि के विधाता पर विश्वास अंधकार में प्रकाश की किरण बन जाती है। हर अंधेरे के बाद उजाला और दुख के बाद सुख अवश्य मिलता है। कर्म ही जीवन की धुरी है। इन

सभी प्रकार के विचारों की अभिव्यक्ति जीना इसी का नाम है ग़ज़ल संग्रह में नज़र आती है। जिसमें कुल 130 ग़ज़लें हैं।

मुझ नाचीज़ शायर को आप सुधी पाठकों की शुभकामनाओं की अपेक्षा है और पूरा विश्वास है कि आपका प्यार और आशीर्वाद हमेशा की तरह आज भी मेरी हिम्मत अफ़ज़ाई करेगा।

डॉ. शाहिदा
प्रबन्धक
न्यू एंजिल्स सी. से. स्कूल
प्रतापगढ़, (उ.प्र.)

अनुशंसा

डॉ शाहिदा की ग़ज़लें उनकी शख़्सियत का आईना हैं

डॉ. दयाराम मौर्य 'रत्न'

साहित्य के क्षेत्र में जाना माना चेहरा डॉ शाहिदा का एक और ग़ज़ल संग्रह "जीना इसी का नाम है" मेरे हाथ में है। हर ग़ज़ल दिलकश और ख़ूबसूरत है। पढ़ते ही लगता है यही तो मेरा भी दर्द है। ऊँचे दर्जे की मुसन्निफ़ और दानिश्वर डॉ शाहिदा की ज़िन्दगी उतार चढ़ाव से दो चार रही है। उनके पास जो कुछ है उसे कड़ी मेहनत और जद्दोजेहद से पाया है। उनकी ग़ज़लें उनकी शख़्सियत का आईना हैं।

उन्होंने हर क्षेत्र में चाहे वो तालीम हो, अदब हो या मआशरे की ख़िदमत हो, ऊँचा मक़ाम हासिल किया है। ख़्वातीन के साथ साथ समाज के हर तबक़े के लिये वह रोल मॉडल हैं।

हर समय वह ज़रूरतमंदों की सेवा में लगी रहती हैं। दिल में चाहे कितनी भी पीड़ा और दर्द हो उनके होंठों पर सदैव मुस्कान रहती है। अपने कार्य और व्यवहार से उन्होंने सबका दिल जीत लिया है। यह कहना अनुचित न होगा कि वह सोशल बिल्डर के साथ साथ नेशन बिल्डर भी हैं।

उन्होंने गुणवत्तापरक शिक्षण संस्थान स्थापित करके जनपद प्रतापगढ़ को शिक्षा के क्षेत्र में नयी दिशा दी है। उनके साहित्य, वाणी तथा कृतित्व में उनका जीवन दर्शन झलकता है। उनके तीसरे ग़ज़ल संग्रह "जीना इसी का नाम है" की पहली ग़ज़ल ने मुझे

आकर्षित कर लिया -

दिल में आई आज तेरी याद तो हम क्या करें
आसमाँ पर छा गयी फ़रियाद तो हम क्या करें

आज साहिल पर हमारी डूबती कश्ती नहीं
आज ही फिर आ गया गिरदाब तो हम क्या करें

ये अश्आर पढ़कर मुझे अपने काव्य संग्रह स्मृतियाँ की पंक्तियाँ याद आ गयीं

स्मृतियों में केवल तुम हो, तुममें हैं स्मृतियाँ
और नहीं कुछ निर्धन हूँ बस स्मृतियाँ हैं स्मृतियाँ

यादों पर किसी का कोई वश नहीं होता। यादें न चाहते हुए भी आ जाती हैं।

भुलाने की कोशिश करने पर यादें और प्रबल हो जाती हैं। यादों में फ़रियाद हो तो ग़मो ग़ुस्सा भी होता है, कसक भी होती है। ग़ज़ल के पैमाने पर सटीक और खरी इस ग़ज़ल के लिये मैं डॉ शाहिदा को मुबारकबाद देता हूँ।

इस ग़ज़ल संग्रह में कुल 130 ग़ज़ले हैं। शायरा ने अपने तख़लीक़ी हुनर से हर ग़ज़ल को और पुख़्ता कर दिया है। एक और ग़ज़ल छोटी बहर की है लेकिन अलंकारों से भरपूर है। ज़िन्दगी की ख़ुसूसियात को बहुत बेहतर तरीक़े से उन्होंने शब्दों में ढाला है।

धूप से होकर गुज़रती है, ये शाम
ठंड में कितना ठिठुरती है, ये शाम

चाँद से सूरज तलक जाती है रोज़
सीढ़ियाँ चढ़ती उतरती है , ये शाम

जब जवानी की वो बातें आएँ याद
ज़ेहन में मेरे उभरती है ये शाम

जिस्म में रुकती नहीं क्यों रात भर
रूह में क्योंकर ठहरती है ये शाम

उपर्युक्त ग़ज़ल ज़िन्दगी पर मुकम्मल तबसरा करती है।

ज़िन्दगी के आख़िरी दौर में जब बुढ़ापा दस्तक देता है तो जवानी के दिनों की अच्छी और बुरी बहुत सारी बातें याद आती हैं। आख़िरी पड़ाव पर तो रूप रंग सब बदल जाता है सिर्फ़ दर्द और तड़पन बाक़ी रह जाती है।

विदुषी शायरा डॉ शाहिदा की ग़ज़लें उस रूहानी प्रेम की बातें करती है जो प्रेम मीराबाई के पदों में अभिव्यक्त हुआ है। मीराबाई अपने मनमोहन कृष्ण को रिझाने के लिये नाचती गाती बेसुध हो जाती हैं। अपने इष्टदेव कन्हैया को पाने के लिये तरह तरह के मनुहार भी करती हैं।

कहीं कहीं डॉ शाहिदा जी की ग़ज़लों में हिन्दी साहित्य की मशहूर कवियित्री महादेवी वर्मा जी की झलक दिखाई देती है। "मैं दर्द भरी दुख की बदली, उमड़ी कल थी, मिट आज चली"।

इसी दर्द को डॉ शाहिदा ने निम्न पंक्तियों मे कुछ इस तरह बयाँ किया है

मिल सकी न मुझको मंज़िल पर सफ़र चलता रहा
ज़िंदगी भर इंतज़ार ही में दिया जलता रहा

गेसुओं की ख़ुशबुएँ दालान में फैली रहीं
आँचल उसका रात भर शाने पर ही ढलता रहा

अंग्रेज़ी के प्रसिद्ध कवि जॉन कीट्स की "द नाइटिंगेल" में कवि बुलबुल के मीठे स्वर की प्रशंसा करता है और बुलबुल उत्तर में यही कहती है कि उसके स्वर में उसके दिल के दर्द की अभिव्यक्ति होती है। इसी प्रकार डॉ शाहिदा की कोमल भावनाओं से लबरेज़ ग़ज़लों में उनके हृदय की मर्मान्तक पीड़ा/भावनाओं की अभिव्यक्ति होती है।

इनकी सभी ग़ज़लों को पढ़ने के बाद मैं बेबाकी से कह सकता हूँ कि वो उर्दू अदब की उच्च कोटि की तख़लीक़ निगार हैं। ग़ज़लों में लयात्मकता और तरन्नुम की ख़ूबी है। भाषा शैली क्लिष्ट तो बिल्कुल नहीं है और अनावश्यक क्लिष्ट शब्दों का प्रयोग भी आपकी ग़ज़लों में नहीं किया गया है। भाषा सरल और बोधगम्य होने के कारण पाठक आसानी से ग़ज़लों में समाहित गहन अनुभूतियों का एहसास कर सकता है।

दुनिया स्वार्थी और ख़ुदग़र्ज़ लोगों से भरी पड़ी है कुछ लोग धोखा खाने के बाद भी हौसला नहीं छोड़ते। आपकी 123 वीं ग़ज़ल की पंक्तियाँ ऐसे लोगों के लिये उत्साहवर्धक और जीवनदायिनी हैं।

मुझको इस हाल में देखकर वक़्त मुस्कुराया रात भर
मेरा सब्र-ओ-सुकून देखकर अक्स मुस्कुराया रातभर

मैं भटका हुआ मुसाफ़िर था मेरी मंज़िल अभी तो दूर थी
बस मेरे हौसलों ने मेरा अज़्म बढ़ाया रात भर

इससे पहले डॉ शाहिदा के ग़ज़लों के दो संग्रह आ चुके हैं **"आईना"** और **"मैं शायर तो नहीं"** जिन्होंने उनकी मक़बूलियत में चार चाँद लगाया है तीसरा काव्य संग्रह **"जीना इसी का नाम है"** आपके हाथों में है।

शीघ्र ही चौथा काव्य संग्रह जिसे गीत, अगीत और मुक्तक से सजाया गया है बहुत जल्द ही हिन्दी उर्दू अदब का बेशक़ीमती सरमाया बन जाएगा और आप तक पहुँच जाएगा।

आपके काव्य संकलन और एन्जिल्स साझा काव्य संग्रह जिसमें देश भर के सुख़नवरों की रचनाएँ हैं साहित्य मण्डल में धूम मचा रहे हैं। काव्य कृति बेल्हा काव्य संग्रह प्रकाशित होकर हिन्दी साहित्य की धरोहर बन चुकी है। अवधी कविता लेखन में भी आप सिद्धहस्त हैं। बाल कहानी संग्रह तथा अन्य विधाओं पर भी आपकी लेखनी प्रयासरत है।

अन्त में मैं मुक्त कंठ से यही कहूँगा कि आने वाले समय में डॉ शाहिदा के बहुआयामी व्यक्तित्व, कवित्व-शक्ति तथा सृजनधर्मिता का मूल्यांकन बड़े बड़े समीक्षक करेंगे। मैं उनके ऊम्रदराज़ और सेहतमंद होने की ईश्वर से प्रार्थना करता हूँ और ख़ुशनुमा शाहकार **"जीना इसी का नाम है"** के लिये दिल की गहराइयों से मुबारकबाद देता हूँ।

डॉ दयाराम मौर्य 'रत्न'
साहित्यकार, समीक्षक
पूर्व प्राचार्य, सह ज़िला विद्यालय निरीक्षक,
सदस्य प्रथम श्रेणी न्यायिक मजिस्ट्रेट,
न्यायपीठ बाल कल्याण समिति
प्रतापगढ़, उ प्र- 230001
मो: 9415928796 / 8795355132

आफ़ताब जौनपुरी

जीना इसी का नाम है ये फ़लसफ़ा दिया
जब पत्थरों के शह में इक आइना दिया

मरने की आरज़ू थी, न जीने क शौक़ था
शाहिद है शाहिदा ने बहुत हौसला दिया

***

जीना इसी का नाम है यूँ ही नहीं कहा
कुछ हादसा ज़रूर सरे राह हो गया

इस शह-ए-बे चराग़ में तू आई शाहिदा
बुझता हुआ चराग़ तिरे दम से जल गया

शुभकामना सन्देश

डॉ. संगमलाल त्रिपाठी 'भंवर'

यह जानकर अत्यंत प्रसन्नता हुई कि हमारी बहन डॉ शाहिदा की तीसरी ग़ज़ल की पुस्तक " जीना इसी का नाम है" प्रकाशाधीन है।

डॉ शाहिदा जी की पहली ग़ज़ल की पुस्तक "आईना" आप लोगों ने पढ़ा भी होगा जिसमें कुछ बहुत उम्दा ग़ज़लें पढ़ने को मिलीं , जिसके कुछ शेर आज भी संचालक लोग मंच से पढ़ते हैं।

"जीना इसी का नाम है" किताब में 130 ग़ज़लें निहित हैं और सभी ग़ज़लें सामाजिकता , सद्भाव, प्रेम, ईमानदारी, दुनियादारी आदि पर आधारित शिक्षाप्रद ग़ज़लें हैं।

इस पुस्तक में डॉ शाहिदा जी की परिपक्वता की मिसाल हर ग़ज़ल में मिलेगी। उनके द्वारा कहे गए शेरों को जब आप पढ़ेंगे तो रुक कर सोचने पर मजबूर हो जायेंगे। कुछ ग़ज़लों में उनके द्वारा कहे गए अशआर का क्या कहना है।

मैं बहन डॉ शाहिदा जी को इस पुस्तक के प्रकाशन के लिए बहुत बहुत हार्दिक बधाई देता हूँ और चाहता हूँ कि इनका क़लम इसी तरह चलता रहे ताकि इनके दिल की भावनाएँ ऐसी ग़ज़लों के माध्यम से बाहर आती रहें। अनन्त शुभकामनाओं के साथ अपनी छोटी बहन को शुभ आशीर्वाद।

आपका शुभेच्छु
भारत गौरव - डॉ संगमलाल त्रिपाठी 'भंवर'

शुभकामना सन्देश

लोकेश कुमार शुक्ल

डॉ. शाहिदा जी द्वारा रचित ग़ज़ल संग्रह **"जीना इसी का नाम है"** ग़ज़लों का सुन्दर गुलदस्ता है। इसमें हर रंग में ग़ज़लें समाहित और समायोजित हैं। इसके शीर्षक में ही एक पाज़िटिविटी है, जो कि वर्तमान में बहुत ही प्रासंगिक और आवश्यक है। ये ग़ज़ल-संग्रह एक मील का पत्थर साबित होगा। ऐसा मेरा परम विश्वास है। डॉय शाहिदा जी को इसके लिए मेरी असीम शुभकामनाएँ और बधाइयाँ-मुबारकबाद।

लोकेश कुमार शुक्ल
सहायक निदेशक कार्यक्रम प्रमुख
आकाशवाणी, प्रयागराज

अनुक्रम

✻

दिल में आई आज तेरी याद तो हम क्या करें
आस्माँ पर छा गयी फ़रयाद तो हम क्या करें

आज साहिल पर हमारी डूबती कश्ती नहीं
आज ही फिर आ गया गिर्दाब, तो हम क्या करें

गुल अभी महका हमारी अंजुमन सरशार है
एक तूफ़ाँ सब करे बर्बाद तो हम क्या करें

गर कोई बुलबुल क़फ़स की क़ैद से आज़ाद हो
हाथ मलता ही रहे सय्याद तो हम क्या करें

याद करना ये कहानी तुम कहाँ हो हम कहाँ
ग़ैब से हो जाए सब आबाद तो हम क्या करें

*

वो अगर फ़ासला बढ़ाते हैं
तो हमीं दूरियाँ घटाते हैं

उनसे बस प्यार से मिलेंगे हम
जो मुहब्बत में मुस्कुराते हैं

चाहे जितने भी काँटे राह में हों
उन्हें बस बाग़बाँ हटाते हैं

जो उसूलों पे चलते हैं हर दम
उनसे हम राब्ता बनाते हैं

है हमारा जिगर तो पत्थर का
सो तुम्हें आइना दिखाते हैं

एक अरसे से हद मुक़र्रर है
अब चलो दायरा बढ़ाते हैं

❋

सड़कें जानी–बूझी हैं अपना शहर लगता है
अंजानी राहों पर जाने से डर लगता है

दरिया पर लाली छाई है, उजले सूरज की
मंज़िल भी आसाँ है, अच्छा ये सफ़र लगता है

जिसकी हसरत में, परवाना झूठी क़समें खाए
उसके वादे का तो शमा पे भी असर लगता है

उसकी उल्फ़त जो दिल को रोज़ाना जलाती है
अब तो मय का हर इक क़तरा भी ज़हर लगता है

मेरी बस्ती के मछेरों की न कुछ पूछो मुझसे
साग़र में गौहर ढूँढ के लाना हुनर लगता है

*

जबसे हुआ है हमको ये ऐतबार उसका
करने लगे हैं तबसे हम इंतज़ार उसका

ये हुस्न की है महफ़िल ऐ रंगबाज़ ज़ालिम
तक़दीर पर है नादाँ कब इख़्तियार उसका

बाज़ार में है ढूँढा जब इक निगह उठाकर
मिलता नहीं है कोई अब ग़मगुसार उसका

बेज़ार है वो ख़ुद से और मेरी है तमन्ना
ग़मख़्वार भी है थोड़ा दिल बेक़रार उसका

दीदार की है हसरत, ग़मगीन है नज़र भी
आओ कि लूटते हैं, चलकर क़रार उसका

बदनाम है वो फिर भी बिलकुल नहीं है ग़मगीं
होता नहीं है अब तो कोई भी यार उसका

✻

दास्ताँ   कैसी-कैसी   सुनाते   रहे
हम   अपने   ही   क़िस्से   बताते   रहे

आदते-पर्दा-दारी   पुरानी   सही
रुख़ मगर अपना वो तो दिखाते रहे

कमरा ख़ाली है हमको ख़बर थी मगर
दस्तकें   फिर   भी   देकर   बुलाते   रहे

गुम थे किसके ख़्यालों में कल रात को
आप   सोये   रहे,   हम   जगाते   रहे

सारे ग़म दिल में सोते रहे प्यार से
शमअ सहरा में इक हम जलाते रहे

✳

लफ़्ज़ ही बस नहीं रात भी याद आती रही
अश्क बहते रहे बात भी याद आती रही

मोल उसकी मुहब्बत का लग ना सकेगा कभी
दी गयी उसकी सौग़ात भी याद आती रही

प्यार के ज़ख़्म हो जाएंगे सब हरे देखना
वो पुरानी अगर बात भी याद आती रही

वक़्त के साथ भरते रहे ये सभी ज़ख़्म भी
पर वो रंगों की बारात भी याद आती रही

ज़िन्दगी से शिकायत न शिकवा है 'शाहिद' मुझे
उसके ग़म की जो बरसात भी याद आती रही

✳

राज़े-दिल हम बताया नहीं करते अब
ज़ख़्म अपने दिखाया नहीं करते अब

हमको चाहो तो ख़ंजर से ज़ख़्मी करो
दर्द अपना जताया नहीं करते अब

ख़ून से लिखके भेजा था ख़त आपने
ऐसी बातें भुलाया नहीं करते अब

दिल के टुकड़े हज़ारों हुए बारहा
अपनी पलकें भिगाया नहीं करते अब

पहले सभी कुछ छुपाने की आदत थी पर
उनसे कुछ भी छुपाया नहीं करते अब

उनकी बेताबी 'शाहिद' है प्यारी बहुत
रुख़ से पर्दा हटाया नहीं करते अब

❋

इस दौर की कहानी, कैसे बयाँ करूँ मैं
हर झूठ की निशानी, कैसे बयाँ करूँ मैं

जिनके लहू से हम सब, आज़ाद हो सके,
उन वीरों की नौजवानी, कैसे बयाँ करूँ मैं

जो ज़ख़्म उसने हमको, ख़ामोशियों से बख़्शे
वो सब मेरी ज़ुबानी, कैसे बयाँ करूँ मैं

पानी ही है न बिजली, हालात-ए-जमना क्या है
अब हाले-राजधानी, कैसे बयाँ करूँ मैं

क़ौसे-क़ज़ह में तेरी क्या अहमियत है 'शाहिद'
ऐ रंग-ए-ज़ाफ़रानी, कैसे बयाँ करूँ मैं

जीना इसी का नाम है

✳

जब कोई मंज़िल नहीं तो कारवाँ फिर क्या करे
सब हैं बेईमान अपने, पास्बाँ फिर क्या करे

एक ही रस्ता बचा है और वो है गुमरही
ना अगर बरसात हो तो ये धुआँ फिर क्या करे

ये नशीली निगह तेरी काम फिर क्या आएँगी
ना पिये मयकश नज़र से? नौजवाँ फिर क्या करे!!

माँ नहीं, बच्चे अकेले, बाप भी माज़ूर है
इतने भारी ग़म अगर हों नातवाँ फिर क्या करे

ऐ मेरी गुलज़ार बज़्मों, चाँद-तारों ये बताओ
ज़लज़ला आया यहाँ तो आस्माँ फिर क्या करे

जल ही सकता है फ़क़त 'शाहिद' तुम्हारे हिज्र में
इश्क़ में तेरे बता आतिश-फ़िशाँ फिर क्या करे

❋

नदी में आज़माते तो इशारा मिल गया होता
तुम्हारे दुश्मनों तक को किनारा मिल गया होता।।

मुहब्बत को जलाकर राख कर देते मेरे उश्शाक़
इन्हें जो मेरे जैसा इक शरारा मिल गया होता

अगर हम काँच के बाज़ार में कुछ ढूँढने जाते
तो टूटा दिल हमें तुम्हारा मिल गया होता

तुम्हारा इश्क़ होता हमसफ़र गर हुस्न का मेरे
न कश्ती डूबती मेरी किनारा मिल गया होता

अज़ल से हुस्न के बाज़ार में बैठे हैं दिल लेकर
हया आँखों से गिर जाती, इशारा मिल गया होता

ये सारे ज़ख़्म मिट जाते, संभल जाता दिल-ए-'शाहिद'
अगर तुमसा हमें भी इक सहारा मिल गया होता

जीना इसी का नाम है

✻

यहाँ से परिन्दे जो आग़ाज़ करते
तो अर्शे-बरीं तक तो परवाज़ करते

खड़े रहने तक की तो ताक़त नहीं थी
तेरे सामने कैसे आवाज़ करते

बताते हम उनको फिर औक़ात उनकी
हमारी शिकायत जो ग़म्माज़ करते

रक़ीबों से गर आपके बदला लेते
तो फिर आप हम पर बहुत नाज़ करते

ये अच्छा रहा राज़ को राज़ रक्खा
बुरा हाल अपना ये हमराज़ करते

❋

दिल के जज़्बात सुनाए नहीं जाते हमसे
अपने नग़मात दिखाए नहीं जाते हमसे

अपने अन्दर हमें बस एक कमी लगती है
रूठे महबूब मनाए नहीं जाते हमसे

ख़ैर-मक़दम है जिन्हें आना हो
जाने वाले तो बुलाए नहीं जाते हमसे

तुम्हें हक़ है कि मुझे प्यार से देखो हर दम
पौधे काँटों के लगाए नहीं जाते हमसे

ख़ुश्बू आती है वतन की जब इस मिट्टी से
तन्हा त्यौहार मनाए नहीं जाते हमसे

दिल में बस दफ़्न किये रहते हैं बातें सबकी
सबके ये राज़ बताए नहीं जाते हमसे

उनके बदले हुए अंदाज़ के चलते 'शाहिद'
दिल के हालात बताए नहीं जाते हमसे

✽

हालात-ए-जहाँ देख के घबराये हुए हैं
अफ़राद हर इक क़ौम के थर्राये हुए हैं

इनका कोई दुनिया में सगा है कि नहीं है
हम सबके दिलों को जो ये दहलाए हुए हैं

हैं भूख से बेहाल कई दिन से बेचारे
ये लोग नयन अपने जो छलकाए हुए हैं

महफ़िल में सब इक दूसरे को देख रहे हैं
क्या बात है ऐसी कि वो शरमाए हुए हैं

है कोई ख़रीदार ज़रा पूछिए इनसे
नफ़रत की जो दूकान ये लगवाए हुए हैं

झोली में गुल-ए-इश्क़ ज़रूर आएगा इक दिन
उम्मीद का दामन जो ये फैलाए हुए है

वैसे तो हमें सारी ख़बर होती है 'शाहिद'
पर यूँ हैं कि बस आपके बहलाए हुए हैं

डॉ. शाहिदा

✳

बातों को बढ़ाने की अब क्या ही ज़रूरत है
रूठों को मनाने की अब क्या ही ज़रूरत है

हम दोनों ही बिस्मिल हैं, इक दूजे के क़ातिल हैं
ये ज़ख़्म दिखाने की अब क्या ही ज़रूरत है

कुनबा है न सामाँ है, ना घर ही बचा कोई
याँ लौट के आने की अब क्या ही ज़रूरत है

ज़िंदा ही कहाँ हूँ मैं अब ठीक है सब कुछ यार
बीमार बताने की अब क्या ही ज़रूरत है

है और तुम्हारी राह, हैं और हमारे ख़्वाब
ये इश्क़ निभाने की अब क्या ही ज़रूरत है

हर शख़्स परीशाँ है बरपा है क़हर हरसू
यूँ शोर मचाने की अब क्या ही ज़रूरत है

वो देखो अलम अपना, क़िले पे है ताबिंदा
परचम ये उठाने की अब क्या ही ज़रूरत है

जब आप पशेमाँ हैं, है आपको सब एहसास
'शाहिद' को बताने की अब क्या ही ज़रूरत है

✻

नाराज़ हो के आपने अच्छा नहीं किया
मुँह हमसे ऐसे मोड़ के अच्छा नहीं किया

जो बात थी वो बोलनी थी खुल के आपको
ख़ामोश रह के आपने अच्छा नहीं किया

लेते ही ना सफ़र में अगर ऐसी बात थी
रस्ते में हमको छोड़ के अच्छा नहीं किया

पछताओगे बहुत कि बहुत ऊँची चीज़ हूँ
मुझको शरीफ़ मान के अच्छा नहीं किया

हम हार जाते एक इशारे पे आपके
हमको हरा के आपने अच्छा नहीं किया

उम्मीद थी हमें कभी 'शाहिद' से फिर मिलें
यूँ दूर जा के आपने अच्छा नहीं किया

✻

दिल में बना के याद बसाया गया मुझे
सपना बुरा बता के भुलाया गया मुझे

गिरियाँ का राज़ आज बताया गया मुझे
हँसना था आपको तो रुलाया गया मुझे

मैं रौशनी बनाने में काम आ गया कि कल
दिन डूबने के साथ जलाया गया मुझे

मन्सूब कैसे आपसे ये हो गया हूँ मैं
नाम आया आपका तो सताया गया मुझे

पल भर की इक झलक के लिए जान आपकी
बरसों का इंतज़ार कराया गया मुझे

❋

आवाज़ नया गीत सुनाने के लिये है
और साज़ नया राग बजाने के लिये है

पैग़ाम -ए-मुहब्बत न मिला आज तलक भी
लगता है मुझे प्यार दिखाने के लिये है

दीवान तेरा मेरी शिकायत से भरा है
और बोल रहा है कि ज़माने के लिये है

ये ख़त तो मैं पढ़ती हूँ कि बस रो सकूँ थोड़ी
तस्वीर तेरी याद दिलाने के लिये है

जो सुन के बहुत आएगा रोना मुझे 'शाहिद'
ये फ़ोन वही बात बताने के लिये है

ये वक़्त जो मैं ख़ुद से चुरा लाया हूँ 'शाहिद'
ये वक़्त तेरे साथ बिताने के लिये है

दिल को हम बेक़रार क्यों न करें
आपका इंतज़ार क्यों न करें

उम्र गुज़री है मुस्कुराने में
ख़ुद को अब ग़मगुसार क्यों न करें

कामयाबी जब इससे मिलती है
फिर यही बार-बार क्यों न करें

जिस्म पर जब हमें भरोसा है
अक्स को तार-तार क्यों न करें

जब ख़ुदा ने बनाया है क़ाबिल
आपको मालदार क्यों न करें

क्यों रखें हम हिसाब पल-पल का
इश्क़ हम बेशुमार क्यों न करें

जो है पोशीदा उसको दिखलाकर
शीशे को शर्मसार क्यों न करें

हाथ में जब बला की ताक़त है
फिर तुझे ज़िम्मेदार क्यों न करें

उम्र के आख़िरी पड़ावों में
आँख अब आबशार क्यों न करें

✤

इतनी गर्दिश में ज़माना क्यूँ है
ऐसी बातों पे ये रोता क्यूँ है

जब लकीरों पे है सब कुछ तो फिर
बेवजह इतना तमाशा क्यूँ है

हम ज़माने से नहीं हैं तो फिर
हमसे अब भी ये ज़माना क्यूँ है

तू भी हमराह बना मुझसा कोई
जाने-जानाँ तू अकेला क्यूँ है

कल तो इक चुप सी लगी थी सबको
आज ये शोर-शराबा क्यूँ है

*

जो ख़ुशी बनके मुझपे छा जाए
कोई ऐसा फ़लक पे आ जाए

भीगा मौसम है गीत ऐसा गा
जो मेरी रूह में समा जाए

इक सबब तो मुझे बताओ ज़रा
आपको माफ़ क्यों किया जाए

वो नशा है तेरी मुहब्बत में
जो भी उभरे वो डूबता जाए

कल जो मिलना है टूटकर हमको
ऐसा ना हो कि मौत आ जाए

जीना इसी का नाम है

❃

दर्द-ए-दिल मुझसे छिपाते क्यों हो
अश्क रातों में बहाते क्यों हो

दर्दो-ग़म सहन नहीं होते हैं जब
महफ़िल-ए-शौक़ सजाते क्यों हो

जब नहीं ज़िक्र हमारा इसमें
दास्ताँ हमको सुनाते क्यों हो

आपके इश्क़ से क्या लेना हमें
बेवजह हमको बताते क्यों हो

शौक़ दरिया का है तुमको तो फिर
प्यास शबनम से बुझाते क्यों हो

कर लिया तर्क-ए-तअल्लुक़ तो, मेरा
नाम लिख-लिख के मिटाते क्यों हो

डॉ. शाहिदा

❈

बात निकली थी जिस फ़साने की
बात वो हो गयी ज़माने की

अब तो एहसास ही नहीं होता
हमको आदत है चोट खाने की

तू बता है किसी के टच में तू
कुछ ख़बर है तेरे ठिकाने की

आ कि 'शाहिद' करेंगे साथ में हम
कोशिशें तीरगी मिटाने की

आज तक बेक़रार हूँ 'शाहिद'
अब भी हसरत है तेरे आने की

शहरों की भीड़ में हर इन्सान खो गया है
जीने का चैन से वो अरमान खो गया है

जो चाहे देख लेता है आजकल तो हमको
क्या हुस्न का हमारे दरबान खो गया है

बाज़ार में भी ढूँढो मस्जिद में भी तलाशो
निकला था सैर को जो मेहमान खो गया है

बस दर्दो-ग़म हैं तारी सबके सरों पे अब तो
उजल्त में प्यार का वो उन्वान खो गया है

ग़ुरबत के मारे लोगो इन्साफ़ ढूँढते हो?
क़ानून का जहाँ में मीज़ान खो गया है

उनको बताओ 'शाहिद' कैसे मिलेगी जन्नत
जिन लोगों का जहाँ में ईमान खो गया है

अब मोजिज़ा हो कोई 'शाहिद' हों सारे मोमिन
सच तो ये है कि अपना रहमान खो गया है

डॉ. शाहिदा41

✳

गिला दोस्तों से तो करने दो हमको
गले दुश्मनों के भी लगने दो हमको

भला ऐसे जीने से क्या होगा हासिल
अगर मर रहे हैं तो मरने दो हमको

रहो साथ जिसके भी रहना है तुमको
अकेले हैं हम लोग रहने दो हमको

तपन क्या है एहसास हमको भी तो हो
ज़रा धूप में भी तो चलने दो हमको

तभी ख़ुशियाँ महसूस कर पायेंगे हम
अभी और दुख थोड़े सहने दो हमको

हमें क़द्र होगी तभी राह-ए-गुल की
ज़रा देर काँटों पे चलने दो हमको

सुकूँ काम करने से मिलता है उनका
क़मीज़ें रफ़ू उनकी करने दो हमको

बहुत हमने झेला है जीवन में 'शाहिद'
जो मन में दबा है वो कहने दो हमको

❋

वो जिसका ख़्वाब मुक़म्मल वहाँ नहीं होता
यहाँ वो शख़्स सर-ए-आस्माँ नहीं होता

तेरी निगाह अगर हमपे पड़ गयी होती
ज़माने में कहीं हमसा जवाँ नहीं होता

अगर समझ गये होते हमारी सूरत-ए-हाल
सवाल आपका ऐसे यहाँ नहीं होता

ग़मों की लाशों से हर वक़्त भरता रहता है
ये दरिया दर्द का यूँ ही रवाँ नहीं होता

जो प्यार होता है दिल में वो दिल में रहता है
नज़र वो शै है जहाँ कुछ निहाँ नहीं होता

ये कैसी बज़्म है 'शाहिद' कि जिसमें ग़म न ख़ुशी
किसी की शक्ल से कुछ भी बयाँ नहीं होता

डॉ. शाहिदा

❋

संग फेंकेगा किस बहाने से
बाज़ आजा हमें गिराने से

ये तो सब पहले सोचना था तुझे
अब भला क्या हो सर झुकाने से

हमसे ही था ज़माना जब भी था
हम नहीं थे कभी ज़माने से

क्यों दुखाते हो तुम ग़रीब का दिल
क्या मिलेगा ये दिल दुखाने से

अब न दी तो वो मर ही जाएगा
अब न रोको उसे पिलाने से

आग रक्खा है उसने अपना नाम
अब न डरना उसे जलाने से

बढ़ते जाते हैं हम हज़ार गुना
मिट्टियों में हमें मिलाने से

❋

उस रात उनसे यूँ ही मुलाक़ात हो गयी
लब कुछ न बोले फिर भी मेरी बात हो गयी

ख़ुशियाँ मनाईं बादलों ने झूम-झूमकर
हम पर तुम्हारे प्यार की बरसात हो गयी

सूरज की रौशनी से मुझे लग रहा था डर
और यक-ब-यक ही मेरे यहाँ रात हो गयी

मैंने कहा था दोस्ती ये आगे जायेगी
देखो हमारे इश्क़ की शुरुआत हो गयी

फ़ज़्ले-ख़ुदा से कोख तेरी भर गयी है, या
मैं यूँ कहूँ ये प्यार की सौग़ात हो गयी

दूल्हा बना के अर्श से हम लाये चाँद को
शब छत पे जब सितारों की बारात हो गयी

मैं सोच रहा था कि उसको शह तो दे सकूँ
चाल उसने ऐसी चल दी मेरी मात हो गयी

'शाहिद' को अपने पास बुलाया जो आपने
जीने की मेरे पास वुजूहात हो गयी

❋

ज़िन्दगी भर मुझे तुम रुलाते रहे
प्यार ग़ैरों पे अपना लुटाते रहे

छोड़कर मुझको रातों में तन्हा, कहीं
महफ़िलें दोस्तों में सजाते रहे

ख़ुद तो शोलों पे सोते रहे उम्र भर
आप फूलों पे मुझको सुलाते रहे

नाम उसका मुझे अब बता दीजिये
आप तस्वीर जिसकी जलाते रहे

नींद मुश्किल से आयी थी कल शब मुझे
शोरो-ग़ुल करके मुझको जगाते रहे

आप आये नहीं पास ग़म में मेरे
दूर से देखकर मुस्कुराते रहे

जुल्म की अब इन्तिहा या ख़ुदा हो गयी
कैसे-कैसे नज़ारे दिखाते रहे

जीना इसी का नाम है

❋

तुमको पुकारने में बहुत देर हो गयी
क़िस्मत सँवारने में बहुत देर हो गयी

इतना पुराना ज़ख़्म था नासूर बन गया
रिश्ते सुधारने में बहुत देर हो गयी

मोती तो वक़्त का वो समंदर निगल गया
उसको उगारने में बहुत देर हो गयी

बर्बाद हो गया है नशेमन हमारा यार
इसको संवारने में बहुत देर हो गयी

घाव ऐसा था कि जिस्म सड़ाने पे आ गया
पानी निथारने में बहुत देर हो गयी

दरिया को रात भर में ही उसने सुखा दिया
सूरज उतारने में बहुत देर हो गयी

डॉ. शाहिदा

❋

जुबाँ बेकार में कुछ कह नहीं सकती
मगर बोले बिना भी रह नहीं सकती

ख़ुदा का इक इशारा चाहिए होगा
हवा अब ख़ुद-ब-ख़ुद तो बह नहीं सकती

ये मौसम पल में तोला पल में माशा है
कहाँ तूफ़ान आए कह नहीं सकती

संभलकर राहे-उल्फ़त में क़दम रखना
कहाँ ठोकर लगेगी, कह नहीं सकती

तबस्सुम मेरी फ़ितरत में है लेकिन
छलक जाएँ कब आँसू कह नहीं सकती

मुहब्बत की वो चोटें सह तो लीं लेकिन
ग़मों का बोझ 'शाहिद सह नहीं सकती

❊

इश्क़ के हम सवाल कैसे करें
हाय इतनी मजाल कैसे करें

ये तो आग़ाज़ है मुहब्बत का
ऐसे-वैसे ख़्याल कैसे करें

ये जो अल्लाह ने उतारी है
रौशनी से सवाल कैसे करें

इश्क़ पर जब नहीं जताया इश्क़
बेरुख़ी पर मलाल कैसे करें

अब तो वो भी चला गया 'शाहिद'
ज़िन्दगी अब बहाल कैसे करें

✳

कहीं बस्ती, कहीं सहरा से वीराना नज़र आया
जहाँ नज़रें गयीं हमको वो दीवाना नज़र आया

तुम्हारी बज़्म पागल शमअ पर होती रही लेकिन
मुझे तो ख़ूबसूरत तेरा परवाना नज़र आया

सितारों से भरी चिलमन हटाई दरमियाँ से तो
तेरे महताब से चेहरे का नज़राना नज़र आया

न जाने क्या हवा थी, क्या फ़ज़ा थी कैसा मातम था
तुम्हारी बज़्म में जो आया बेगाना नज़र आया

मेरी नाराज़गी जानाँ तभी से हो गयी ग़ायब
निगाहों में तेरी अपना जब अफ़साना नज़र आया

मैं इनको पाके कितना ख़ुश हूँ तुमको क्या बताऊँ यार
ग़म-ए-आलम में यारों जो याराना नज़र आया

गुलों की वो महक थी क्या बतायें आपको 'शाहिद'
चमन में जो भी आया वो ही दीवाना नज़र आया

❈

दर्द को छिपाने की कोशिश है
इश्क़ निभाने की कोशिश है

आग जो बस्ती तक पहुँचेगी
उसे बुझाने की कोशिश है

रूठा है जो अपने सनम से
उसको मनाने की कोशिश है

ये जो हँसी मज़ाक़ है, ये सब
किसे हँसाने की कोशिश है

इश्क़ की चिंगारी को अपने
दिल में दबाने की कोशिश है

जिस्मो-जाँ की दौलत मेरी
तुमसे बचाने की कोशिश है

'शाहिद' वो नाराज़ हैं मुझसे
उन्हें मनाने की कोशिश है

*

अब दुआओं में मेरी असर ही नहीं
फल हमें दे सकें वो शजर ही नहीं

मुल्क को गर ज़रूरत पड़ी लोगों की
जान दे दे जो अपनी वो सर ही नहीं

तुम करम इतना तो आज हम पर करो
सर छिपाने को अब पास घर ही नहीं

मैंने जीवन में पहली दफ़ा देखा कल
ऐसा सहरा कि जिसमें खंडर ही नहीं

मुझको पहचान पाया न इस भेस में
पारखी फिर तो तेरी नज़र ही नहीं

ठीक है घर तुम्हारा उजालों में है
पर उजालों में अपना गुज़र ही नहीं

साँस आती रही साँस जाती रही
ज़िन्दगी जीने का ये हुनर ही नहीं

कब उसे मेरी परवाह 'शाहिद' रही
चाहने वाला वो तो बशर ही नहीं

जीना इसी का नाम है

❋

कहाँ रह गये हो अमाँ आते-आते
न देर अब करो मेहरबाँ आते-आते

अरे तितलियों इनकी साँसें संभालो
न मर जायें गुल बाग़बाँ आते-आते

अभी थोड़ा कहना है मुश्किल ये क्या है
पता चल सकेगा धुआँ आते-आते

वो बादल बरसने से दरिया बना है
मैं पत्थर बना कहकशाँ आते-आते

मगर धूप काटी नहीं उसके बाद
समय तो लगा सायबाँ आते-आते

वो क्या काम के गर जो आ भी गये तो
जो होने लगे रायगाँ आते-आते

डॉ. शाहिदा

❋

मुझको नश्तर की तरह लगती है
बात खंजर की तरह लगती है

तुझको दरिया मैं समझ बैठा था
तू तो पत्थर की तरह लगती है

तन्हा सुनी सड़क पे चलके देखो
तेज हवा कंकर की तरह लगती है

अपने सूखे खेत और सुखी धरती
वो सारी बंजर की तरह लगती है

वो बद्दुआ देती है जब मुझको
सच कहूं कंजर की तरह लगती है

गुजरा लम्हा लौटकर आएगा कभी
यह बात मंतर की तरह लगती है

✻

तुझे कैसे देखूँ ज़हर की तरह
तू लगती है मुझको शकर की तरह

दवा है मेरे वास्ते फिर भी, गो
तू है तल्ख़ कोई ज़हर की तरह

बढ़ाना तअल्लुक़ किसी से न तू
सफ़र को तू लेना सफ़र की तरह

न आ पहले जैसी तू मानिंद-ए-शब
अब आ ज़िंदगी में सहर की तरह

न आयी मुहब्बत की बारिश कभी
न ग़म टूटे मुझपे क़हर की तरह

न सोचा था तुम भीड़ में शहर की
मिलोगी यूँ सूनी डगर की तरह

यूँ बन के मवाली न आया करो
मिलो मुझसे अच्छे बशर की तरह

*

आईना तो सच बोलता है
जब भी देखो हक़ बोलता है

है जो तुम्हारी आँख में कुछ
मोअम्मा वो सब खोलता है

जो सुख माँ की गोद में था
मन हौले से अब डोलता है

इस ज़िंदगी की मिज़ान में
एक पलड़ा हक़ तोलता है

सौदा करने वाला बहु का
बेटी ब्याहे तब सोचता है

सड़कों पर फैला लहु क्यों
ये तो जिस्मों में दौड़ता है

जीना मुश्किल हो रहा अब
धोखा रिश्तो को तोड़ता है

❋

हालात दुनिया देखकर सब घबराए हुए हैं
नौकरी छूट जाने से वो घबराए हुए हैं

हैं भूख से बेहाल, बस दो रोटी का सवाल
नंगे पैर अधखुले तन, नयन छलकाए हुए हैं

मंहगाई पूछे कितने पानी में हो तुम बताओ
सपने सुनहरे वो आंखों में सजाए हुए हैं

तूफ़ान ने आईने के सौ टुकड़े कर दिये
मुस्कुराकर वो अपना दिल बहलाते हुए हैं

करना नहीं ज़ात पात के झगड़े कभी तुम
कुछ लोग नफ़रत की दुकान लगाए हुए हैं

दिल प्यार से भर जाए नफ़रत भी दूर हो जाए
इस उम्मीद में 'शाहिद' दामन फैलाए हुए है

*

मैं लिखूँ ग़ज़ल, आवाज बन जाना
जान शायरी, अंदाज़ बन जाना

आजज़ी हमे दरकार है लेकिन
ख्वाहिशात की, परवाज़ बन जाना

नामुराद हँस लो आज जी भर के
इस गुमान का, अंजाम बन जाना

राज़ दिल में लब पर मुस्कुराहट हो
आरजू यही, हमराज़ बन जाना

ज़िन्दगी मुअम्मा है सवालों का
इस किताब के, अल्फाज़ बन जाना

❋

देख दरवाज़ा खुला रक्खा है
मैंने माज़ी को भुला रक्खा है

उसकी बातों से मिलाने के लिए
उसकी यादों को बुला रक्खा है

उसको एहसास दिलाने के लिए
हमने ज़ख़्मों को खुला रक्खा है

रूह बाज़ आती नहीं बातों से
जिस्म ख़ामोश हुआ रक्खा है

पल्लू लिपटा है ज़रा ऊँगली में
थोड़ा दाँतों से दबा रक्खा है

उनके आने की है उम्मीद ज़रा
सो दिया मैंने जला रक्खा है

तुझको ख़्वाबों में दिखाने के लिए
कितने ख़्वाबों को सुला रखा है

चाँद का ख़्वाब दिखाकर 'शाहिद'
हमने रातों को जगा रक्खा है

*

हमारी ख़ामोशी में प्यार है ना
निगाहों में तेरी इक़रार है ना!

छुपाओगे तो पछताओगे आगे
तुम्हारे रास्ते में ख़ार है ना!

भले इंकार कर देना शब-ए-वस्ल
तुम्हारे ख़त में तो इज़हार है ना!

कि बस मेहमान हूँ अब चार दिन की
अभी जीने के कुछ आसार है ना!

यही लाता है मुझको पास 'शाहिद'
तुम्हारा मुझसे ये इसरार है ना!

✳

चेहरे पे वो ख़ुशी थी कि कुछ बात हो गयी
ज़ुल्फ़ें गिर आईं चेहरे पे तो रात हो गयी

हम ज़िन्दगी में सबसे मगर जीत जायेंगे
शतरंज में हमारी अगर मात हो गयी

चाँद आस्माँ को चुपके-चुपके चूमता रहा
फिर बादलों से इश्क़ की बरसात हो गयी

वैसे तो जीत-हार की थी बहस दोनो में
चालें थी उसकी ठीक मगर घात हो गयी

सहरा में उसके इश्क़ का इक गुल जो खिल गया
इस ज़िन्दगी में उसकी ये सौग़ात हो गयी

डॉ. शाहिदा61

*

राज़ दिल के जो सारे अयाँ हो गये
हम तो बेवक़्त ही रायगाँ हो गये

हमको दुनिया की नज़रों से बचना था सो
हम तुम्हारी नज़र में निहाँ हो गये

अपनी संगत में ज़ौक़-ए-सुख़न वो लगा
दोस्त मेरे सभी हमजुबाँ हो गये

जबसे पहलू में उतरे हैं ये आपके
चाँद-तारे सभी गुलफ़िशाँ हो गये

अब यहाँ नाम तख़्ती पे इक भी नहीं
जो मकीं थे वो सब लामकाँ हो गये

हम अकेले थे कल तक नहीं था कोई
साथ चलने से हम कारवाँ हो गये

जीना इसी का नाम है

✻

हमें आज मुर्दा बनाया गया
तो ताबूत फिर से सजाया गया

जो बिस्मिल था मारा उसे बार-बार
जनाज़ा दुबारा उठाया गया

गुलाबी जो लब थे वो नीले हैं क्यों
तो क्या ज़हर लब पर लगाया गया

हमें तोड़ा जाता रहा बारहा
उठाकर हमें फिर गिराया गया

रिझाने की ख़ातिर तुम्हें जानेमन
हसीं महफ़िलों को सजाया गया

तो जाना पड़ा आख़िरश उनके घर
हमें बारहा जब बुलाया गया

ज़मीं मेरे पैरों तले ना रही
हमें फ़ैसला जब सुनाया गया

❋

दवा का कुछ असर दिखता नहीं है
नशे में हूँ मगर दिखता नहीं है

नशेमन में तुम्हें सब पूछते हैं
कहाँ है वो? इधर दिखता नहीं है!

न जाने फिर रहा है किस जहाँ में
फ़लक पर अब क़मर दिखता नहीं है

इशारा मिल रहा है ख़ुशबुओं का
वो संदल है मगर दिखता नहीं है

मुझे लगता है नादीदा हो तुम सब
मेरे अन्दर हुनर दिखता नहीं है?

हमारे क़ाफ़िले के लोग बोले
सफ़र लम्बा है पर दिखता नहीं है

❋

मेहरबाँ कुछ तो बताओ, कौन हो
कुछ तआरुफ़ तो कराओ, कौन हो

डाकिये हो या कि हो बहरूपिये
नामा हमको तो दिखाओ, कौन हो

तुम हो एक अंजान और ये कहते हो
राज़े-दिल मुझको बताओ! कौन हो?

मुझपे बरपा कर रहे थे अपना तूफ़ाँ
अब ख़मोशी को बताओ, कौन हो

सूफ़ी हो या संत हो या फिर फ़क़ीर
अब सभी को ये बताओ, कौन हो

❀

ये अरमान दिल में सजाया हुआ है
कि तू मेरे दिल में समाया हुआ है

अब इक हाथ तुमको बढ़ाना पड़ेगा
कि इक हाथ मैंने बढ़ाया हुआ है

वो इक ख़्वाब अपना दिखाने की ख़ातिर
मुझे मुद्दतों से जगाया हुआ है

कोई इत्र हमने लगाया न 'शाहिद'
कि वो ख़ुशबुओं में नहाया हुआ है

दिखाई नहीं देता 'शाहिद' ये सूरज?
दिया दिन में क्योंकर जलाया हुआ है

❋

तो होने दो जो शानों पर दुशाला है
ये क्या कम है कि सूरज आने वाला है

मुतास्सिर तुमको करके क्या करूँगा मैं
तुम्हारा तो सभी कुछ देखा-भाला है

हमें राहों में तन्हा छोड़ना ऐसे
सलीक़ा प्यार करने का निराला है

नशे में आ रही है उससे ही दुनिया
हमारे हाथ में जो तेरी हाला है

वहाँ से हमको क्या लेना है 'शाहिद' अब
फ़लक छोड़ो ज़मीं तक तो उजाला है

उसी से मिल सकेगा हमको भी मक़सद
दिल-ए-'शाहिद' में उठती वो जो ज्वाला है

✾

एक नज़र में कोई बात हो, ज़रूरी तो नहीं
यार बिना बादल बरसात हो,ज़रूरी तो नहीं

गीत ख़ुशी के गाए झूम के नाचें बांसुरी बजाए
रोज़ अंधेरी,काली रात हो , ज़रूरी तो नहीं

हार गया वो अश्क ज़ार ज़ार बहता रहा
बात कहे जिसमें जज़्बात हो,ज़रूरी तो नहीं

कर दिया बर्बाद, बेसहारा जब मुक़द्दर ने उसे
नेक इरादा फिर भी रखे वो ज़रूरी तो नहीं

सर सज्दे में,अश्क आंखों में,आह होंठो पे हो
शाहिद फिर भी आरज़ू पूरी हो, ज़रूरी तो नहीं

जीना इसी का नाम है

✳

तुम्हारा फिर से ख़्याल आया
जब आँसुओं का सवाल आया

ख़ुदा ने बख़्शी थी नेमतें जो
मैं आस्माँ में उछाल आया

अगर ये सूरत नहीं है बदली
तो कैसे शीशे में बाल आया

तो मैं भी संजीदा हो गयी फिर
जब उसके दिल में मलाल आया

तेरी मुहब्बत में मह था जो
मैं उसका काँटा निकाल आया

जो मेरे हिस्से की नेकियाँ थीं
उसे मैं दरिया में डाल आया

❋

सुनी जो दस्तक, तो ज़ोर से दिल मिरा अभी तक धड़क रहा है
चमेली हो या गुलाब कोई, तमाम गुलशन महक रहा है

उसे बताना है आसमाँ क्यों पड़ा है ख़ाली, कहाँ हैं तारे
ज़मीं पे लाओ फ़लक से उसको जो चाँद तन्हा चमक रहा है

बहुत छुपाने की कोशिशें की बता रही हूँ तुझे मगर अब
तेरी मुहब्बत का दर्द अज़ल से हमारे दिल में हुमक रहा है

हर एक आँसू हमारे दिल में तुम्हारी ख़ातिर सिसक रहा है
किसे बतायें कि क्या है 'शाहिद' हमारी हालत बिना तुम्हारे

❋

तुम तो हमेशा मेरा साथ निभाते हो
क़दम क़दम पर अपना हाथ बढ़ाते हो

क्यों कमरे की बत्ती नहीं जलाते हो
रात अँधेरे में क्यों आप बिताते हो

महफ़िल में सजधज कर जो तुम आते हो
मेरे ही क्या सबके होश उड़ाते हो

कोई ग़लतफ़हमी ना हो इक दूसरे को
इसीलिये तुम सारी बात बताते हो

और किसी को दिखाओ तो मैं जानूँ भी
ये जो हमेशा मुझको आँख दिखाते हो

कभी कभी तो शक होता है तुमपे मुझे
क्यों तुम मुझ पर इतना प्यार लुटाते हो

कौन मुझे पलकों पे रक्खेगा 'शाहिद'
एक तुम्हीं तो मेरे नाज़ उठाते हो

*

जो मुश्किल रास्तों पर साथ चलना पड़ रहा है
जो सोचा भी न था वो सब भी करना पड़ रहा है

लबों पर तिश्नगी है और इक उफ़ तक नहीं की
तुम्हारे वास्ते ये प्यास सहना पड़ रहा है

अजब आशिक़-मिज़ाजी देख ख़ारो-गुल से तेरी
मैं ख़ुश तो हूँ नहीं पर फिर भी हँसना पड़ रहा है

तपिश हालात की अब तक न छू पायी हमें यूँ
कि हमको साथ में दुख-सुख जो सहना पड़ रहा है

मैं संगे-आस्ताँ था एक मुद्दत से किसी का
तुम्हारे वास्ते अब ख़ाक बनना पड़ रहा है

कोई तो ख़ास है कश्ती में जिसकी दीद में यूँ
तेरे 'शाहिद' को लब पर साथ चलना पड़ रहा है

❄

कोई दर पर सदा देता है चला जाता है
जीते रहना दुआ देता है, चला जाता है

आप ही फैलने लगती है महक कमरे में
बस वो थोड़ी हवा देता है, चला जाता है

बात जो सिर्फ़ मेरे काम की होती है वो
बात सबको बता देता है, चला जाता है

और कुछ तो नहीं करता वो खिलौने वाला
मेरे अरमाँ जगा देता है, चला जाता है

फिर मुझे लफ़्ज़ पिरोने को दिया जाता है काम
वो तो बस धुन सुना देता है, चला जाता है

क्या ज़रूरत उसे .कंदील की या सूरज की
दूर से राह बता देता है, चला जाता है

बात वो और किसी शख़्स की सुनता ही नहीं
क़िस्सा अपना सुना देता है, चला जाता है

❋

सर अपना दर पर झुका रही हूँ
मैं तुमको कब से बुला रही हूँ

थकन है गुज़री शबों की इन पर
सितारों को अब सुला रही हूँ

कोई नहीं है, गुमाँ है मेरा
मैं किसको झूला झुला रही हूँ

वो लोग भूखे थे जाने कब से
मैं जिनको खाना खिला रही हूँ

वगरना मेरा है क्या तअल्लुक़
मैं बस वो वादा निभा रही हूँ

ये तुझको रहज़न समझ रहे हैं
तू राहबर है बता रही हूँ

❋

ग़मों से दो-चार हो रहे हैं
ये अश्क बेकार हो रहे हैं

कभी था मतलब इन्हें किसी से?
जो अब ये बेदार हो रहे हैं

अब उनको क़ाबू में रखना होगा
हदों से जो पार हो रहे हैं

अब इनकी बारिश का जलवा देखो
अब अब्र दमदार हो रहे हैं

है ख़ास कोई कि जिसकी ख़ातिर
वो ऐसे तैयार हो रहे हैं

जो ग़ैर कहते थे कल तलक वो
हमारे अब यार हो रहे हैं

जो हँस रहे थे ग़मों पे मेरे
वो आज ग़मख़्वार हो रहे हैं

कहाँ सहाफ़ी बचा है कोई
सभी तो अख़बार हो रहे हैं

वगरना सब कुछ बहुत सरल है
हमीं तो दुश्वार हो रहे हैं

उन्हें तकब्बुर बहुत था 'शाहिद'
वो अब जो लाचार हो रहे हैं

*

बुरा तो है पर अच्छा भी बहुत कुछ है
मुहब्बत के अलावा भी बहुत कुछ है

अकेले में जो मेरा वक़्त गुज़रा है
मिलेंगे तो बताना भी बहुत कुछ है

अभी तुम दूर से ही देखकर ख़ुश हो
अभी तो पास आना भी बहुत कुछ है

ये परवाज़ें फ़क़त हैं एक ही फ़न
परिंदों को सिखाना भी बहुत कुछ है

मुझे तो आम सी ही लग रही है ये
सुहानी चाँदनी शब क्या बहुत कुछ है

तुम्हें हम क्यों नहीं सिखलाएंगे 'शाहिद'
तुम्हारे से तो सीखा भी बहुत कुछ है

*

आप घर को जब अपने सजा लीजिये
ज़िन्दगी का ज़रा फिर मज़ा लीजिये

बुलबुला पानी का है अगर ज़िन्दगी
बाग़ में एक पौधा लगा लीजिये

शाम की लाली खिड़की से आने को है
प्यार की शमअ जानाँ जला लीजिये

फूल से आपको गर मुहब्बत न हो
ख़ार का एक बिस्तर लगा लीजिये

हर कली पर जो मोती सजे हैं यहाँ
आप दामन में अपने छुपा लीजिये

आग गुलशन में ये जो लगी है अभी
आप ख़ुशबू से अपनी बुझा लीजिये

क्या कहा हो गया आपको इश्क़ फिर
ख़ुद ही फाँसी का फंदा लगा लीजिये

गाँव वालों की इतनी है गर फ़िक्र तो
दिल को अपने समंदर बना लीजिये

आप नफ़रत से हो जायेंगे यूँ ही दूर
प्यार के रिश्ते दिल में बसा लीजिये

*

दिल के जज़्बात आँखों से बह ना सके
और मुश्किल ये है दिल में रह ना सके

हमसफ़र को ख़बर थी न मंज़िल की कुछ
राह दुश्वार थी हम ये कह ना सके

आप चाहें हमें कुछ भी समझा करें
वो जगह ऐसी थी हम तो रह ना सके

रातें तारीक, तन्हा महल में हूँ मैं
दिल में जो दर्द उठा वो सह ना सके

जीना इसी का नाम है

❈

हमारे बीच अब अनबन नहीं है
मगर मिलने का बस अब मन नहीं है

यहाँ हर गाम पर चलना संभलकर
ये जंगल है कोई गुलशन नहीं है

मुसलसल अक्स जो ये हिल रहा है
ये पानी है कोई दरपन नहीं है

वहाँ से लोग वापस आ रहे हैं
वहाँ से आगे क्या जीवन नहीं है

मज़ा आना नहीं 'शाहिद' यहाँ अब
यहाँ पानी तो है तड़पन नहीं है

डॉ. शाहिदा

✱

चाँद महफ़िल में जगमगाया है
रात ने गीत गुनगनाया है

आग सूरज उगल रहा है वहाँ
रुत ने बारिश तुझे बुलाया है

साथ मेरा न दे सका ये नसीब
मैंने हर बार आज़माया है

'आज भी तुझसे प्यार करती हूँ'
कभी लिक्खा कभी मिटाया है

उनकी यादें हैं मुंसलिक जिससे
अह्द वो याद क्यों दिलाया है

सुबह आकर सिरहाने 'शाहिद' के
आपने प्यार से उठाया है

❋

ख़ामोश लब नहीं मुझे इक़रार चाहिये
शीरीं जुबाँ से तेरी मुझे प्यार चाहिये

अब चाँद से ज़मीं पे उतर आइये ज़रा
दिलबर सभी को आपका दीदार चाहिये

हर बार आप बात मेरी टाल जाते हैं
इस बार मुझको आपका इज़हार चाहिये

मुझको ज़रा बताना है उसकी हक़ीक़तें
आज आप ख़्वाब से मुझे बेदार चाहिये

दरबार या महल की नहीं कोई आरजू
इज़्ज़त से जीने का भी तो घरबार चाहिये

लौटा तो दूँगा आपको मैं राज-पाट पर
बदले में मुझको आपकी दस्तार चाहिये

ख़ुदा हो जाए जिस पे राज़ी वो मंज़ूर है
मुझको हबीब मुझसा ही ख़ुद्दार चाहिये

अल्लाह यूँ ही तेरा करम शायरी पे हो
ऐसा तिलिस्म ऐसे ही अश्आर चाहिये

'शाहिद' को बेचने में है बस एक मसअला
मुझको ख़रीद पाए वो बाज़ार चाहिये

डॉ. शाहिदा

❊

हाथ उठेगा मेरा दुआ के लिये
ये न उठने का आहो-सदा के लिये

कमरे में चाहिए इक ज़रा ताज़गी
बन्द खिड़की तो खोलो हवा के लिये

जुर्म मैंने किया ही नहीं जो कभी
आयी हूँ मैं यहाँ उस सज़ा के लिये

दश्त में हम जफ़ाओं के गुम थे कहीं
हमको ढूँढा गया है वफ़ा के लिये

तेरे बीमारों से क्यों नहीं मिलता तू
दर-ब-दर फिर रहे हैं दवा के लिये

मौत आए अभी ना ख़ुदारा मुझे
ज़िन्दगी चाहिये और जफ़ा के लिये

❉

कुछ परिंदों में जान बाक़ी है
अभी एक इम्तेहान बाक़ी है

शहर-ए-नफ़रत ज़वाल पर हैं और
मुल्क-ए-अम्नो-अमान बाक़ी है

ढह गयी हैं इमारतें मज़बूत
एक कच्चा मकान बाक़ी है

और किनको हलाक करना है?
गाँव का हर किसान बाक़ी है

साँस ने साथ कब से छोड़ दिया
पर में लेकिन उड़ान बाक़ी है

सरहदें पार कर लीं 'शाहिद' ने
पर अभी इक निशान बाक़ी है

❋

ख़्वाब देखें तो सिहर जाते हैं
आँख खोलें तो बिखर जाते हैं

चाँद-तारों की ख़बर रक्खा कर
रात ढलते ही किधर जाते हैं

नारा-ए-फ़तह सुनाओ इनको
हार के डर से सिहर जाते हैं

दिल सदा उनपे ही आता क्यों है?
वो जो वादों से मुकर जाते हैं

रात में होती है राहें सुनसान
कारवाँ दिन में गुज़र जाते हैं

उस तरफ़ राह निकल आती है
अब मेरे पाँव जिधर जाते हैं

आजकल वो भी यहीं है 'शाहिद'
आजकल हम भी किधर जाते हैं

✻

क़िस्मत से जो मिला है वो तक़दीर ही तो है
तू बस हमारे ख़्वाब की ताबीर ही तो है

तक़दीर उसके हाथ है तो सोचने से क्या?
आख़िर हमारे हाथ में तदबीर ही तो है

ग़ाज़ी है, होशियार है, तू बादशाह है
तरकश में उसके क्या है फ़क़त तीर ही तो है ?

तो क्या अब इससे नींद भी आ जायेगी मुझे ?
मेरे सिरहाने आपकी तहरीर ही तो है||

मैंने कुछ और सोचा है दीवार के लिए
कमरे में तू लगा इसे तस्वीर ही तो है

सब कुछ फ़ुज़ूल लगता है जुज़ एक काम के
राँझे के बस का रोग फ़क़त हीर ही तो है

❋

दिल भी हमारा टूटा है और आँखें नम भी हैं
दुनिया में लाख ख़ुशियाँ हैं तो थोड़े ग़म भी हैं

हमको न भूल जाइयो ऐ देवता-ए-हुस्न
तेरे हज़ार आशिक़ों में एक हम भी हैं

बख़्शिश के वक़्त तुमको ज़रा ध्यान रखना है
उसके दुखों के साथ हमारे अलम भी हैं

ख़तरे की कोई बात नहीं फिर भी साथियो
जुगनू हमारे साथ अगर थोड़े कम भी हैं

माना उम्मीद तुमसे है इस पूरे शहर को
'शाहिद' तुम्हारे साथ मगर एक हम भी हैं

❈

मंज़िल अब कितनी आसान होने लगी
आपसे मेरी पहचान होने लगी

मुझको बतलाना था आपको मसअला
आप यूँ ही परेशान होने लगी

नाम जबसे पड़ा है मेरा आफ़ताब
रात मुझसे परेशान होने लगी

जबसे छोड़ा है तुम पर सफ़र, हमसफ़र
रस्तों से मैं भी अंजान होने लगी

तब से हो ना सका हूँ मैं 'शाहिद' मेरा
जबसे तुम हो मेरी जान होने लगी

डॉ. शाहिदा87

*

राज़ की बात उसको बताना नहीं
क़िस्सा-ए-बज़्म उसको सुनाना नहीं

मैंने माज़ी से अब तक यही सीखा है
बीते लम्हे को वापस बुलाना नहीं

वक़्त आने पे कर देगी ख़ुद अपना काम
अपनी क़िस्मत को तुम आज़माना नहीं

वरना होकर रहेगा कोई हादसा
कश्ती, पतवार बिन तुम चलाना नहीं

ख़ुद-ब-ख़ुद नींद खुल जायेगी वक़्त पर
उसको आवाज़ देकर जगाना नहीं

इससे घटती है क़ीमत मेरी दोस्तो
हर जगह मेरे क़िस्से सुनाना नहीं

कितनी मुश्किल से लिक्खी है दिल पर तेरे
'शाहिद' अब के इबारत मिटाना नहीं

❊

छुपा लेना ज़रा और थोड़ा बतलाना नहीं अच्छा
बिना मतलब किसी को इतना तड़पाना नहीं अच्छा

कोई पत्थर हो तो लड़ जाने से पीछे नहीं हटना
अगर हो सामने शीशा तो टकराना नहीं अच्छा

गली में आपकी, हालात कैसे हैं, ज़रा कहिये
मुहल्ले में हमारे कोई मयख़ाना नहीं अच्छा

मदद करना किसी की ठीक है लेकिन ज़माने में
किसी के वास्ते नीलाम हो जाना नहीं अच्छा

बताना हल्के -फुल्के क़िस्से, बातें और होता है
बना देना किसी का ऐसे अफ़साना, नहीं अच्छा

कभी मन हो तो यूँ ही घूमते-फिरते चले जाओ
किसी का इस क़दर मेहमान बन जाना नहीं अच्छा

शिकायत छोटी-मोटी आते रहना और होता है
रियासत का बग़ावत पर उतर आना नहीं अच्छा

शिकारा डूबने वाला है 'शाहिद' का तू कुछ तो कर
सर-ए-मंझधार ऐसे छोड़कर जाना नहीं अच्छा

❀

चिराग़-ए-मुहब्बत जलाये रखो
ज़रा इसमें जी भी लगाये रखो

अभी हार मानो न ऐ दिलबरो
तमन्ना तुम अपनी जगाये रखो

मेरी ज़िम्मेदारी है आँगन तलक
मकानों को घर तुम बनाये रखो

यहाँ से कमी आने दूँगा न मैं
तुम आतिश बराबर लगाये रखो

किसी को किनारे पे आने न दो
ग़ुरूर-ए-समंदर बचाये रखो

किसी वक़्त पर काम आएगा ये
इताब -ए-इलाही बचाये रखो

न जाने सजन किस घड़ी आयें घर
दियों से तुम आँगन सजाये रखो

बहुत काम आएगी बख़्शिश में ये
तुम ईमाँ की दौलत बचाये रखो

गले चाहे 'शाहिद' किसी से न मिल
मगर हाथ सबसे मिलाये रखो

*

मैं ख़ुद पर मुस्कुराना चाहती हूँ
तुम्हें नग़मा सुनाना चाहती हूँ

ग़लत क्या कर रही हूँ इसमें, गर मैं
मुक़द्दर आज़माना चाहती हूँ

रियासत का मुझे लालच नहीं है
मैं बस इक आशियाना चाहती हूँ

ये सब जुल्मो-सितम जो हो रहे हैं
ज़माने से मिटाना चाहती हूँ

उदासी आपकी शामिल है जिसमें
मैं वो शामें भुलाना चाहती हूँ

निकल आते हैं ख़ुद ही रंग सारे
मैं होली जब मनाना चाहती हूँ

रहीमो-राम की रग़बत की बातें
मैं हर दिल में बसाना चाहती हूँ

जहाँ दिलवाले हों और दिलजले भी
मैं वो महफ़िल सजाना चाहती हूँ

तुम्हारे इश्क़ में दिन-रात 'शाहिद'
मैं नज़्में गुनगुनाना चाहती हूँ

मेरी आँखें नहीं पढ़ पाये 'शाहिद'!
तुम्हारे साथ आना चाहती हूँ

✷

ख़ुदा से तुमको गिला बहुत है
ये तय है तुमको मिला बहुत है

अब इससे ज़्यादा, बुरा लगेगा
ये बाग़ इतना खिला, बहुत है

न सहन होगा अब और मुझसे
जुदाई का ये सिला बहुत है

हमारी ख़ुशियाँ हैं छोटी-छोटी
बस आने की इत्तला बहुत है

हमें ज़रूरत नहीं किसी की
इबादतों का सिला बहुत है

उसे न 'शाहिद' बताओ कुछ भी
वो वहम में मुब्तला बहुत है

जीना इसी का नाम है

✽

नहीं महफ़िलों की है औक़ात कोई
हैं मेहमान ख़ाली, न सौग़ात कोई

मैं कल शाम को गाँव से जा रही हूँ
नहीं हो सकेगी मुलाक़ात कोई?

मैं सपने में भी सोच सकती नहीं थी
मुझे सोचता होगा दिन-रात कोई

गली में हुआ क़त्ल-ओ-ग़ारत जो कल शब
बचा ही नहीं होगा हमज़ात कोई

तुम्हारे लिए अब मेरे दिल में 'शाहिद'
न एहसास है और न जज़्बात कोई

डॉ. शाहिदा

❋

किनारे बैठ जायें क्या करें हम
मुक़द्दर आज़मायें क्या करें हम

झुकाकर बैठे हैं महफ़िल में गर्दन
अब अपना सर कटायें क्या करें हम

बचाव की नहीं है कोई सूरत?
नदी में डूब जायें क्या करें हम

ये उसकी शमअ है सो उससे पूछो
बुझायें या जलायें क्या करें हम

ज़मीं है स्वर्ग से भी ख़ूबसूरत
सितारों से सजायें क्या करें हम

हैं दोनों ओर अपने ही तो 'शाहिद'
सज़ा किसको दिलायें क्या करें हम

✽

बुरा वक़्त यूँ ही गुज़र जायेगा
तू ख़ुद अपने ग़म से उबर आयेगा

जब आईना आईना टकरायेगा
तो उसमें से एक अक्स उभर आयेगा

उसे याद कलियाँ करेंगी बहुत
जो भँवरा चमन से गुज़र जायेगा

मगर फिर भी रक्खो कोई एहतमाम
ये मौसम अगरचे सुधर जाएगा

अगर छू लिया तूने मेरा बदन
बदन तेरा जानाँ सिहर जाएगा

अभी उसका मन है उदासी भरा
वो संगत में तेरी सँवर जाएगा

तेरे पास है और रस्ता कोई?
मुझे बतला 'शाहिद' किधर जाएगा

✼

मैं रुदाद अपनी सुनाता रहा
ग़ज़ल सोज़ की गुनगुनाता रहा

यूँ महसूस आज़ादी होती रही
फ़ज़ा में परिंदे उड़ाता रहा

अगरचे गगन ज़ाफ़रानी हुआ
पर अब्र-ए-सियह सर पे छाता रहा

बजाने लगा कोई ज़ोरों से शंख
कोई दैर में पुष्प लाता रहा

बिछाने यहाँ शब की चादर सियह
कोई आया तो कोई जाता रहा

गली मौत की नींद सो जाए ना
मैं तो जागता और जगाता रहा

दवा आपके हुस्न की डालकर
मैं ज़ख़्मे-मुहब्बत मिटाता रहा

चराग़-ए-शबिस्तान बुझते रहे
मैं शम्मे-मुहब्बत जलाता रहा

मुसलसल जफ़ा आप करते रहे
मैं उल्फ़त की रस्में निभाता रहा

तुम्हें इश्क़ 'शाहिद' से था ही नहीं
मैं बेकार ख़ुशियाँ मनाता रहा

 जीना इसी का नाम है

✻

वो जब आईने में सँवरने लगे
तो सब अहले-महफ़िल बहकने लगे

धड़कने लगे जब दिल-ए-आशिक़ाँ
तो रक़्क़ास सारे थिरकने लगे

चमेली हो या रातरानी तेरी
गुल-ए-बाग़ सारे महकने लगे

जो होने लगा वो ग़ुरूब आफ़ताब
तो अरमान दिल में मचलने लगे

बहुत हँस रहे थे मेरे गिरने पर
लगीं ठोकरें तो सिसकने लगे!

नयी सब्ज़ बर्गो-समर आयेंगे
तेरे ज़र्द पत्ते बिखरने लगे

तो समझो की आने को हैं वो यहाँ
अगर इस क़दर दिल धड़कने लगे

किसी और के साथ देखा तुम्हें
तो सीने में शोले भड़कने लगे

डॉ. शाहिदा

❋

सन्नाटा गहरा हो जाये
यादों का पहरा हो जाये

ज़ोर में फूँको तब इक शंख
जब इन्साँ बहरा हो जाये

अन्दर और उतरना है
अब सपना गहरा हो जाये

हो जाऊँ मैं तेरा अक्स
तू मेरा चेहरा हो जाये

मुझको तभी बुलाना तुम
राज़ अगर गहरा हो जाये

मेरी कामयाबी का ख़ुदा
तेरे सर सेहरा हो जाये

जीना इसी का नाम है

❋

मुझे एक काग़ज़ पुराना मिला
लगा जैसे गुज़रा ज़माना मिला

मुहल्ले में सब कहते हैं देखो तो
पुरानी से कैसे पुराना मिला

जो सच्चाई ढूँढी तो हर जा ख़ुदा
मुझे उसका झूठा फ़साना मिला

तेरे एक रूठे हुए साज़ पर
उदासी भरा इक तराना मिला

मुहब्बत तो 'शाहिद' से की थी मगर
मुहब्बत का कोई सिला ना मिला

✻

अच्छी हो हर इक बात ज़रूरी तो नहीं है
हर रात हो बरसात ज़रूरी तो नहीं है

तुम दिन में भी गा सकते हो ये गीत ख़ुशी के
इसके लिए हो रात ज़रूरी तो नहीं है

ये इश्क़ है और इसमें तुम्हारा भी तो हक़ है
मेरे ही हों जज़्बात ज़रूरी तो नहीं है

आह लिखूँ पेशानी पर, ख़ुमार आँखों में रखूँ
शुक्र करो पूरी हो आरज़ू ज़रूरी तो नहीं है

ये खेल बराबर पे भी आ सकता है 'शाहिद'
तेरी या मेरी मात ज़रूरी तो नहीं है

जीना इसी का नाम है

✳

मुझे फिर आज़माया जा रहा है
सर-ए-फ़ेहरिस्त लाया जा रहा है

निहाँ कुछ राज़ इसमें गर नहीं हैं
तो फिर क्यों मुस्कुराया जा रहा है

कई मेहमान-ए-ख़ास आज आ रहे हैं
तो महफ़िल में बुलाया जा रहा है

है वक़्त-ए-सुबह और मैं ख़ुश हूँ फिर क्यों
मुझे नौहा सुनाया जा रहा है

रखी है बज़्म मयख़ाने में अब के
ग़मों को यूँ भुलाया जा रहा है

मैं जब था तो नहीं की क़द्र मेरी
अब अश्कों को बहाया जा रहा है

हमारे रिश्ते में अब कुछ नहीं है
फ़क़त वादा निभाया जा रहा है

जो अब तक कर रहे थे बुत-परस्ती
उन्हें कलमा पढ़ाया जा रहा है

❋

दिल की बातें दिल में रखना छोड़ दो
मन ही मन यूँ घुटते रहना छोड़ दो

जो तुम्हारी क़द्र ही करते नहीं
कम से कम अब उनसे मिलना छोड़ दो

काम बस जिनका है नफ़रत बाँटना
दरमियाँ तुम उनके रहना छोड़ दो

रोज़ की ख़बरों से क्यूं परेशां हो
आज से अख़बार पढ़ना छोड़ दो

शबनम से कब किसकी प्यास बुझती
झूठी बातें कहना सुनना छोड़ दो

✻

सबको सब अच्छा सिखाना छोड़ दो
तुम मेरी जाँ, जाँ जलाना छोड़ दो

काम की कुछ बात है बोलो, ये
बातें और क़िस्से सुनाना छोड़ दो

अब पता है सबको सब, पर्दा है क्या
अब तो ये बातें बनाना छोड़ दो

नींद से और रात से बनती नहीं
ख़्वाबों में हमको बुलाना छोड़ दो

मिल रही है अहमियत 'शाहिद' उन्हें
उनपे तुम उंगली उठाना छोड़ दो

✻

ज़ख़्म ऐसे कुरेदते क्यूँ हो
रौंदकर फूल देखते क्यूँ हो

क्यों नहीं देते हो जवाब मुझे
ख़त में तुम अश्क भेजते क्यूँ हो

जब नहीं दिल में दर्द मेरे लिए
मेरे साए को घूरते क्यूँ हो

सोचता रहता है मेरा दरिया
तुम ख़िलाफ़-ए-लहर तैरते क्यूँ हो

जो रखा रहता है उजालते में
वो अंधेरे में ढूँढते क्यूँ हो

जब नहीं प्रेम मुझसे तो 'शाहिद'
भावनाओं से खेलते क्यूँ हो

जीना इसी का नाम है

❋

इतना दूर तलक मत जाना
राह में यार भटक मत जाना

अपने इश्क़ पे तू रखना यक़ीन
सामने उसके झिझक मत जाना

ख़ुशबू को रखना क़ाबू में
तुम बेवक़्त महक मत जाना

डर जायेंगे वरना साये
दश्त में आप चमक मत जाना

साजन जी उल्टेंगे आकर
सर से पल्लू सरक मत जाना

*

क़िस्मत ने ऐसा खेल किया खेल-खेल में
मैं तेरा बादशाह बना खेल-खेल में

जन्नत में उसको सेज मिली लाल फूलों की
तीली से मेरी जो भी जला खेल-खेल में

तुम खेल गयीं ऐसे मेरे ऐतबार से
मैंने तो ऐतबार किया खेल-खेल में

सहरानशीं आपकी वीरानियों में अब
कैसी हवा ये चलने लगी खेल-खेल में

कोई जिसे समझ न सका एक बार को
'शाहिद' ने खेल ऐसा किया खेल-खेल में

जीना इसी का नाम है

*

गर वो हो जायें मेहरबान ज़रा
तो बढ़ें मेरे क़द्र-दान ज़रा

कुछ मेरा काम इससे बाक़ी है
डाल इस मुर्दें में तू जान ज़रा

मैंने हर बात तेरी मानी है
अब तू मेरा भी कहना मान ज़रा

तुम हमेशा रहे मेरे मेहमान
बन के देखो तो मेज़बान ज़रा

मुझको वक़्त और चाहिए होगा
ज़ब्त करना तू मेरी जान ज़रा

दूर कर मेरा शक मेरे मौला
मुझको होने लगा गुमान ज़रा

आ सकूँ मैं निशाने पर तेरे
सीधा करना तेरा कमान ज़रा

*

हमारी आँख बिलकुल नम नहीं है
ये अपना इश्क़ अब भी कम नहीं है

कहो तो और बढ़ा दूँ आग थोड़ी
अगरचे आँच इसकी कम नहीं है

मुहब्बत से हम आरी हो गये हैं
हमारी ज़िन्दगी में ग़म नहीं है

कि सर कर ले तू पूरे आसमाँ को
तेरी परवाज़ में वो दम नहीं है

हुआ करता था तिफ़्ली में जो अपनी
वो मौसम और वो आलम नहीं है

❄

रात को मैं दिन भला कैसे बताऊँ
नीम को मैं आम कहकर क्यों बुलाऊँ

तू बता होकर तबीब-ए-शहर आख़िर
कैसे मैं इस ज़हर को अमृत बताऊँ

वो नहीं रखता है कोई शौक़ तो फिर
बज़्म-ए-जाम-ओ-मीना मैं कैसे सजाऊँ

जब तुझे ये जंग ही लड़नी नहीं तो
हारकर मैं अपना सर क्योंकर झुकाऊँ

हो अगर ये मेरे बस में तो बता दूँ
दैरो-मस्जिद मैं तो दोनों ही बनाऊँ

जो मुझे मौक़ा मिले तो मैं ऐ 'शाहिद'
साल का त्यौहार मैं हर इक मनाऊँ

*

हमारा न ये साथ छूटे कभी
ज़मीं से न ये रिश्ता टूटे कभी

न हो ज़हन में सिर्फ़ ज़र का ख़्याल
अना का ये दामन न छूटे कभी

भले ज़ख़्म देता रहे उम्र भर
सितमगर हमारा न रूठे कभी

ख़ुदा से दुआ माँगता हूँ यही
ख़ुशी कोई अपनी न लूटे कभी

अता कर मुझे ताक़तें वो ख़ुदा
कि ये हौसला फिर न टूटे कभी

❊

दास्ताने-ग़म सुनाकर रह गये
आँख अपनी नम दिखाकर रह गये

जिसके आगे था सब उसके बारे में
वो फ़साना हम बताकर रह गये

जा चुका वो सेज सूनी छोड़कर
सुर्ख़ जोड़ा हम सजाकर रह गये

ले उड़ा वो बाग़ सारा और हम
फूल से ख़ुशबू चुरा कर रह गये

वो कि बस जीता किया सब बाज़ियाँ
हम कि बस शर्तें लगाकर रह गये

उसने आईना हमें तोहफ़ा दिया
हम जिसे पत्थर दिखाकर रह गये

डॉ. शाहिदा

✱

ख़्वाब बनके बिखर जाना चाहेंगे हम
आज इस दर पे मर जाना चाहेंगे हम

जिस्म मिट्टी के वापस करें मिट्टी को
ख़ाक में अब बिखर जाना चाहेंगे हम

हिज्र में आपके कितने बिखरे रहे
वस्ल में अब सँवर जाना चाहेंगे हम

चढ़ गये थे नशा बन के पहले पर अब
सर से तेरे उतर जाना चाहेंगे हम

हमको 'शाहिद' नहीं शौक़ दरियाओं का
हो जहाँ ख़ाक उधर जाना चाहेंगे हम

✳

दिल में थोड़ा मलाल रहने दो
कुछ दिनों ऐसा हाल रहने दो

पहले अपना ख़्याल तो रख लो
तुम हमारा ख़्याल रहने दो

मुद्दतों बाद उनपे रंग आया
उनके चेहरों को लाल रहने दो

कितने मासूम बन के पूछते हो
प्यार में, दिल का हाल रहने दो

देश बाँटे न मज़हबों में कोई
एकता की मिसाल रहने दो

सबको हक़ है जवाब माँगने का
हर जुबाँ पर सवाल रहने दो

❊

ये सोचकर ही होने लगा हूँ उदास मैं
साक़ी ने कुछ मिला न दिया हो गिलास में

नदिया रखा है नाम फ़क़त एक आस में
मेरा भी होगा ज़िक्र कभी तेरी प्यास में

बस इक नशा सा हो गया तारी हमारे सर
ख़ुश्बू बसी थी प्यार की उसके लिबास में

होने को है अजीब बहुत हाल-ए-आसमाँ
बादल निकलने वाले हैं सूरज की आस में

मैं चाहती हूँ सुबह से करके मज़ाक़ आज
पूरब से निकले चाँद हमारे क़यास में

रग़बत की क्या मिसाल दूँ 'शाहिद' को और मैं
कान्हा को मैंने देख लिया सूरदास में

✽

अल्फ़ाज़ ही नहीं कुछ जज़्बात याद आये
पल्कों पे बिखरे आँसू हर रात याद आये

तब याद और कुछ भी फिर रह सकेगा कैसे
वादों की आपके जब सौग़ात याद आये

खुल जाए नींद अचानक, और उठ के बैठ जाऊँ
जब ख़्वाब में तुम्हारी कुछ बात याद आये

होने लगा ज़ियादा एहसासे-हिज्र तब और
जब साथ में गुज़ारे लम्हात याद आये

वो शब हसीन 'शाहिद' कुछ और लगती है तब
जब इश्क़ की तुम्हारे बरसात याद आये

डॉ. शाहिदा115

*

बस इतनी ही रवानी रह गयी है
फ़क़त अब बेइमानी रह गयी है

वगरना क़िस्से पूरे हो चुके हैं
मुहब्बत की कहानी रह गयी है

समय ने ज़ख़्म सारे भर दिये हैं
मगर हाँ इक निशानी रह गयी है

अमल इस पर नहीं करता है कोई
ये बात अब बस जुबानी रह गयी है

जिसे बरबाद करना रह गया है
हमारी ज़िन्दगानी रह गयी है

नया करके उसे रखना है 'शाहिद'
वो इक शय जो पुरानी रह गयी है

✱

किसी मंज़िल पे आ गया हूँ मैं
एक साहिल पे आ गया हूँ मैं

रौनक़ें तेरी खा गया हूँ मैं
पूरी महफ़िल पे छा गया हूँ मैं

मुझको सब कुछ जहाँ से दिखता है
ऐसी मुश्किल पे आ गया हूँ मैं

अब कहीं और जी नहीं लगता
अब तेरे दिल पे आ गया हूँ मैं

कल जहाँ से नदी में उतरा था
उसी साहिल पे आ गया हूँ मैं

है लोगों की भीड़ हर तरफ़ ही
मैं किस महफ़िल पे आ गया हूँ मैं

अब न बहकाओ दोस्तो मुझको
अपने रस्ते पे आ गया हूँ मैं

आगे दरिया है पीछे खाई है
किस दुराहे पे आ गया हूँ मैं

अब बना दे या फिर मिटा दे मुझे
अब तेरे दर पे आ गया हूँ मैं

यूँ तो सब कुछ बताना था 'शाहिद'
बात पर इक छुपा गया हूँ मैं

❋

आग बुझाना नामुमकिन है
पानी बनाना नामुमकिन है

बिखरे चमन को वैसा का वैसा
फिर से बसाना नामुमकिन है

ग़मों की ऐसी बारिश में तो
ज़ख़्म सुखाना नामुमकिन है

बुझी शमअ पर परवानों को
पास बुलाना नामुमकिन है

अँधेरे में आइने से
अक्स बनाना नामुमकिन है

जब तक ना पहचान हो ख़ुद से
ख़ुदा को पाना नामुमकिन है

वालिदैन की दुआ न हो तो
नाम बनाना नामुमकिन है

अक्स मिटा सकते हो लेकिन
शक्ल मिटाना नामुमकिन है

ये मुर्दा है या फिर ज़िन्दा
अब ये बताना नामुमकिन है

यार न माने जब तक 'शाहिद'
रब को मनाना नामुमकिन है

जीना इसी का नाम है

✻

ज़िन्दगी तेरे नाम करना है
अब ये हासिल मक़ाम करना है

अब वो शाह या कि कोई गदा
अब तो सबको सलाम करना है

ज़िंदगी का है एक ही मक़सद
बस तेरा एहतिराम करना है

सामने जो भी दुश्मन आयेंगे
काम सबका तमाम करना है

कोई नाराज़ हो न जाए कहीं
मुझको सबसे कलाम करना है

ग़म तो पहले से पास हैं 'शाहिद'
ख़ुशियों का एहतिमाम करना है

डॉ. शाहिदा

※

नज़र ये किसी की अगर मुन्तज़र है
तो ये बात तय है वो शामो-सहर है

फ़क़त चंद शामें बची हैं हमारी
चले आ कि अब वक़्त भी मुख़्तसर है

तेरे दिल का आलम तो मैं जानता हूँ
मगर कुछ मेरे दिल की तुझको ख़बर है

मुसाफ़िर हो तो देखो और राह कोई
ये वो रह नहीं जिसका कोई गुज़र है

कहीं खो न जायें मनाज़िल हमारी
सभी को इसी बात का आज डर है

कि हम राह तकते हैं सालों से उनकी
हमारे ख़्यालों से वो बेख़बर है

अभी तक सदा गूँजती है यहाँ, वो
सुनाई नहीं दे रही तुझको पर है

मिला बरसों मेहनत से 'शाहिद' हमें क्या?
हर इक पेड़ पर देखो अपना समर है

✻

जो मन में होती हर बात बतलाई नहीं जाती
मुहब्बत यूँ भी होती है कि दिखलाई नहीं जाती

बस आँखों से मुसलसल अश्क जैसे बहने लगते हैं
हमारी बेख़ुदी वो है कि बतलाई नहीं जाती

ये फ़न-ए-ख़ास है और सबको यूँ ही नहीं आता
ये लकड़ी भीगी है और ऐसे सुलगाई नहीं जाती

लहू पुश्तों का शामिल है ये वो दीवार है समझे
बहुत मेहनत से बनती है यूँ गिरवाई नहीं जाती

उठाकर आईने को माज़ी के बक्से में रख दो अब
कि इससे दिल को वो तस्कीन पहुँचाई नहीं जाती

कमाने में जो इज़्ज़त लग गयी इक उम्र 'शाहिद' जी
अगर इक बार खोई वो तो फिर पाई नहीं जाती

*

दिल तोड़ने के सारे बहाने किधर गये
मिलने के उनसे सारे ठिकाने किधर गये

थी जिनके दम से ये हसीन महफ़िलें जवाँ
परवाने मेरी शमअ के जाने किधर गये

फ़रहाद ज़ब्त तोड़ के ये पूछ बैठा है
शीरीं तुम्हारे इश्क़ के माने किधर गये

मसनद पे बैठे रहते हैं अब के सियासती
सूली पे चढ़ने वाले न जाने किधर गये

धोखे-फ़रेब झूठ ये सब आजकल है आम
सच बोलते वो लोग पुराने किधर गये

कब डिस्को-डान्स आ गया संगीत की जगह
जो शाने-मुल्क थे वो तराने किधर गये

उँगली पकड़ के जिनकी हम आये यहाँ तलक
अजदाद वो हमारे न जाने किधर गये

जीना इसी का नाम है

❊

इतना कर देना हमारी बेगुनाही के लिये
तुम अदालत आ ही जाना कल गवाही के लिये

नक़्श इस काग़ज़ पे जिससे बन सका दिलदार का
की बड़ी मेहनत थी हमने उस सियाही के लिये

अब समझ में आ रही है हालत-ए-मयख़्वार-ए-जाँ
क्यों परेशाँ हैं सुबू मीना सुराही के लिये

यूँ ही थोड़ी करते हैं तारीफ़ सबकी झूठ-झूठ
हौसला भी चाहिये इस वाहवाही के लिये

कुछ ज़रूरत ही नहीं असलहा और बारूद की
एक चिंगारी है काफ़ी इस तबाही के लिये

*

दिल को दिल से मैं जोड़कर देखूँ
नफ़रतें पीछे छोड़कर देखूँ

काँटों पर चलना नहीं आसाँ इसे जाना
न कभी मुँह मैं मोड़कर देखूँ

जिसका मुझको ग़ुरूर है इतना
उस भरम को भी तोड़कर देखूँ

कैसा होता है अर्श का एहसास
आज पिंजरे को तोड़कर देखूँ

रौशनियों के बाल मिलते हैं
जब भी शीशे को तोड़कर देखूँ

कौन आवाज़ दे रहा है मुझे
आज पत्थर को फोड़कर देखूँ

ग़मों को यूँ छुपाया जा रहा है
कि तन्हा मुस्कुराया जा रहा है

भगाकर बज़्म से हमको हमारी
हमें फिर से बुलाया जा रहा है

वो कोई और बीमारी न निकले
जो दर्द-ए-दिल बताया जा रहा है

जिसे दुश्वार करने की थी तदबीर
वो रास्ता अब सजाया जा रहा है

पुरानी याद की टीसों को 'शाहिद'
मेरे दिल से मिटाया जा रहा है

✳

ये माना राज़े-दिल सबको बताना भी नहीं अच्छा
पर अपने लोगों से बातें छुपाना भी नहीं अच्छा

निशानी इश्क़ की होना ज़रूरी हो गया है अब
अगरचे दाग़ दामन पे लगाना भी नहीं अच्छा

पुराना साज़ को आदत पुरानी संगतों की है
ये बाजा अब नये सुर में बजाना भी नहीं अच्छा

निशान –ए–नौ बनाना आये दिन अच्छा नहीं है पर
निशाँ जो बन गये उनको मिटाना भी नहीं अच्छा

जहाँ मुश्किल से नींद आयी हो राही को थकन के बाद
वहाँ फिर से दिया कोई जलाना भी नहीं अच्छा

पुराने तजरिबों से एक मैंने ये भी सीखा है
यहाँ बेकार के रिश्ते बनाना भी नहीं अच्छा

सफ़र ये वो है जिसमें लुत्फ़ धीरे-धीरे आएगा
अचानक ऊल्फ़ते इतनी बढ़ाना भी नहीं अच्छा

बहुत गहरा असर होता है इसका ज़हन पर 'शाहिद'
मुसलसल अश्क आँखों से बहाना भी नहीं अच्छा

❋

सारी यादों को दिल से भुला दीजिये
ख़त पुराने हमारे जला दीजिये

दीजिये ज़िंदगी को नया मोड़ और
ज़ख़्म माज़ी के दिल से मिटा दीजिये

एक मुद्दत से बीमार हूँ इश्क़ में
ठीक हो जाऊँ मैं वो दवा दीजिये

तजुर्बा आपको है सफ़र का बहुत
मंज़िल आसाँ हो ऐसी दुआ दीजिये

तीरगी मिट सके जिससे अन्दर की, वो
दीप दिल में मेरे इक जला दीजिये

सबको दिखने दें रंगीनियाँ आपकी
अपने चेहरे से पर्दा हटा दीजिये

कुछ भी बाक़ी नहीं देखने को मियाँ
अब जनाज़ा हमारा उठा दीजिये

✻

ये शाम इतनी उदास क्यों है
निगाह-ए-जाँ बेलिबास क्यों है

बता कि देखा था ख़्वाब में क्या
तू रात से बदहवास क्यों है

परिंदे लौटेंगे शाम को फिर
सहर तू इतनी उदास क्यों है

अगर नहीं है कोई भी रिश्ता
तुम्हें हमारा ये पास क्यों है

तो कर चुके हो ये जुर्म तुम भी?
तुम्हारा ऐसा क़यास क्यों है

✼

ढूंढ कर लाऊँ कहाँ से ज़िन्दगी का फ़लसफ़ा ?
मैं अँधेरा हूँ बता दूँ रौशनी का फ़लसफ़ा

हँस चुका हूँ, रो चुका हूँ, जी चुका, मर भी चुका
यूँ तो मैं भी जानता हूँ हर किसी का फ़लसफ़ा

तेज़गामी में गुज़ारी ज़िंदगी जिस शख़्स ने
उससे सीखो जानेमन आहिस्तगी का फ़लसफ़ा

मिट गये उस शहर के ग़म इक ज़रा सी बात से
लिख दिया दीवारो-दर पर इक ख़ुशी का फ़लसफ़ा

कब तलक जीते रहोगे ऐसे मर-मर के यहाँ
हम सिखाने आये हैं ज़िंदादिली का फ़लसफ़ा

डॉ. शाहिदा

❋

ग़म के बादल देखकर हम मुस्कुराना छोड़ दें
बाज़ का डर है तो क्या हम घर बनाना छोड़ दें

ये कहाँ की बुज़दिली सिखला रहा है बाग़बाँ
आँधियों के डर से हम पौधे लगाना छोड़ दें

ये रवैय्या ज़ेब देता है रईसी को भला?
मुफ़लिसी में उनसे हम रिश्ते निभाना छोड़ दें

हम भला आदत से अपनी कैसे बाज़ आ सकते हैं
ये हमारा शेवा है आँसू बहाना कैसे छोड़ दें?

मुल्क की जिस मिट्टी में खेलकर हम शेरे हिन्द हुए
उसको सज्दा करना माथे लगाना कैसे छोड़ दें

इससे ज़हन-ओ-दिल को मिलता है हमारे इक सुकून
क्यों तेरी राहों में हम दीपक जलाना छोड़ दें

जिनसे वैसे भी अभी तक कुछ नहीं हासिल हुआ
कम से कम अब उन दरों पर सर झुकाना छोड़ दें

बन गये हैं साहिब-ए-दरिया तो अब 'शाहिद' बता
प्यास उन तश्नालबों की हम बुझाना छोड़ दें

❋

कोई अपना बने तो बात बने
नींव कोई डले तो बात बने

ये है बाज़ार-ए-इश्क़ और कोई
हमपे उँगली रखे तो बात बने

हर कोई अपने घर में बैठा है
कोई आकर मिले तो बात बने

तूने सब्रो-क़रार छीना था
अब कि लग जा गले तो बात बने

ये जो तूफ़ाँ है चारों ओर अपने
इसमें दीपक जले तो बात बने

मेरे चंदा का मन ये कहता है
उसका तारा चले तो बात बने

सिर्फ़ उजालों से कुछ नहीं होगा
अब अँधेरा मिले तो बात बने

ऐसे तन्हा सफ़र पे जाना क्या
साथ तू भी चले तो बात बने

✳

आँखों की बरसात का हम क्या करें
तू बता इस रात का हम क्या करें

जब हमारी कुछ सुनी जाती नहीं
आपके जज़्बात का हम क्या करें

कल था उसपे, आज इस पर आ गया
इस दिल-ए-बदज़ात का हम क्या करें

बातें उसकी सुन रहे हैं बरसों से
दिल तेरे हमज़ात का हम क्या करें

हल कोई बतलाओ हमको दोस्तो
इन बुरे हालात का हम क्या करें

ना है कोई साथ ना उम्मीद है
इस अँधेरी रात का हम क्या करें

खेल 'शाहिद' हमने खेला ही नहीं
आपकी शह-मात का हम क्या करें

जीना इसी का नाम है

*

याद सब बातें पुरानी आ गईं
अब समझ में सब कहानी आ गयी

हम रहे ना फिर कहीं के भी मियाँ
ज़हन में जब बदगुमानी आ गयी

साथ तेरी नाव का जो मिल गया
बहते पानी में रवानी आ गयी

होगा अब बाज़ार में हमको नफ़ा
अब हमें भी बेईमानी आ गयी

ज़हन में मेरे थी 'शाहिद' बरसों से
बात वो मुँह पर जुबानी आ गयी

डॉ. शाहिदा

❁

जी तो करता है आज गाऊँ मैं
प्रेम का राग इक सुनाऊँ मैं

तुमको सुनने का मन हो दिल से अगर
तो नया साज़ इक बजाऊँ मैं॥

लाखों बुलबुल क़फ़स में हैं मौजूद
जाल किसके लिए बिछाऊँ मैं

जल रही है जो दिल में सालों से।
किस तरह आग ये बुझाऊँ मैं

मैं सदा आया बन के परवाना
अबके इक शमअ बन के आऊँ मैं

पेचो-ख़म ज़िन्दगी के सुलझाऊँ।
गिरह खोलूँ तो बँधता जाऊँ मैं

जीना इसी का नाम है

❋

झूठी क़स्में खाना तो मंज़ूर नहीं
वादा तोड़के जाना तो मंज़ूर नहीं॥

जिस महफ़िल जान का ख़तरा होता है
वहाँ अकेले जाना तो मंज़ूर नहीं

रौशन और किसी का घर करने के लिए
दीपक अपना बुझाना तो मंज़ूर नहीं

जो भी हैं जैसे भी हैं हम सामने हैं
अब पहचान छिपाना तो मंज़ूर नहीं॥

घोंसला तिनका-तिनका चुनकर बनता है
'शाहिद' इसे जलाना तो मुझे मंज़ूर नहीं

डॉ. शाहिदा 135

❋

ठहरे पानी में जो रवानी आई है
मुझको फिर वो याद पुरानी आई है

वो बरगद की छाँव वही पीपल भी है
वो अल्लढ़ सी शोख़ दिवानी आई है

उन आँखों की झील-सी गहराई में अब
उनको जाकर बात छिपानी आई है

जबसे मेरी कुटिया में उतरा है चाँद
तब से मुझको नींद सुहानी आई है

किसे बताऊँ, किसे सुनाऊँ 'शाहिद' मैं
ज़हन में फिर से एक कहानी आई है

❋

मुझसे मिलकर बढ़ा दी परेशानियाँ
पहले से जान लेनी थी मजबूरियाँ

इसका इल्ज़ाम तुम अपने सर पर न लो
अब जो मेरी बढ़ी हैं ये दुश्वारियाँ

कैसे बारूद की कर रहे हो तलाश
क्यों छिपाकर रखी हैं ये चिंगारियाँ

ऐसे आसार लगने लगे हैं हमें
बेख़ुदी में जला लोगी तुम उँगलियाँ

ये मुहब्बत है इस काम में जानेमन
क्या समझते हो कम हैं पशेमानियाँ

साथ कमज़र्फ़ का लोग देते रहे
कोई समझा नहीं अपनी मजबूरियाँ

*

यूँ ज़िंदगी हमारी गुमनाम हो रही है
फिर सुब्ह हो रही है फिर शाम हो रही है

यानी कि दाँव पेंच अब हमको भी आ गये हैं
दुश्मन की चाल अब जो नाकाम हो रही है

ऐ होश खोनेवालों तुम लोग जाग जाओ
लाली उफ़क़ पे लाओ अब शाम हो रही है

इज़हार का तरीक़ा जो है तुम्हारा इससे
बेइज़्ज़ती हमारी सरेआम हो रही है

तुम दूर जा रहे हो, मुझसे जो धीरे-धीरे
साँस एक-एक मेरी बेनाम हो रही है

काम ऐसे कर रहे हैं, कुछ लोग जिससे 'शाहिद'
ये आस्था हमारी बदनाम हो रही है

ज़ीनत थी उसके गुलशन की कल तलक जो 'शाहिद'
वो शाम-ए-सहन अब इस लबे-बाम हो रही है

✿

चाँद का जिस जगह उजाला है
अब वहाँ कौन आने वाला है

जाने कौन उसको पीने वाला है
चाँद के हाथ में जो हाला है

यूँ नहीं है कि हमने पाला है
वो हमारा ही हम-निवाला है

उसपे शक भी करें तो कैसे करें
वो मुहब्बत है हम-पियाला है

जिस तरह तुमने बात रक्खी है
ये तरीक़ा बड़ा निराला है

तुमको पाना ही उसका मक़सद है
दिल में उट्ठी जो एक ज्वाला है

*

हम बरसों से दीप जलाए बैठे हैं
दीद की तेरी आस लगाए बैठे हैं

जाने कब तू गुज़रेगा इन राहों से
इंतज़ार में आँख बिछाए बैठे हैं

तुमको अंदाज़ा ही नहीं है तुमपे
कई शिकारी घात लगाए बैठे हैं

बस कुछ को थोड़ी मेहनत करनी है
कुछ तो इनमें जीते-जिताए बैठे हैं

नहीं जानते हाथ में उनके कुछ भी नहीं
जो क़िस्मत पर दाँव लगाए बैठे हैं

उनको हुस्नो-इश्क़ से लेना कुछ भी नहीं
जो अपनी दूकान सजाए बैठे हैं

तू क्या जाने तेरे आशिक़ राहों में
हर आहट पर कान लगाए बैठे हैं

✳

ख़्वाब मुझको एक आया रात भर
वक़्त मुझ पर मुस्कुराया रात भर

बोल उसके याद अब आते नहीं
गीत जो भी गुनगुनाया रात भर

सुब्ह जाकर शीशे को बतला दिया
अक्स को हमने भुनाया रात भर

मैं मुसाफ़िर शब का था पर चाँद ने
हौसला मेरा बढ़ाया रात भर

चाँद-तारे और सूरज के ख़िलाफ़
एक जुगनू जगमगाया रात भर

सुबह सूरज ने संभाला धूप से
पुल हवा से डगमगाया रात भर

कर रहा है वो बहुत अफ़सोस अब
मय से जो भी हिचकिचाया रात भर

डॉ. शाहिदा

*

धूप से होकर गुज़रती है ये शाम
ठण्ड में कितनी ठिठुरती है ये शाम

चाँद से सूरज तलक जाती है रोज़
सीढ़ियाँ चढ़ती-उतरती है ये शाम

आँख पर कोई ग़ज़ल लिख दो
गर्दिशों में जब बिखरती है ये शाम

जब जवानी की वो बातें आएँ याद
ज़हन में मेरे उभरती है ये शाम

जिस्म में रुकती नहीं क्यों रात भर
रूह में क्योंकर ठहरती है ये शाम

इसलिए आती नहीं है वक़्त पर
रात भर अब काम करती है ये शाम

जीना इसी का नाम है

✳

महफ़िल में उसके अधरों की मुस्कान ग़ज़ल
शोला,शबनम सी है उसकी पहचान ग़ज़ल

घूंघट में सिमटी सी शरमाई सी एक वधु
नयनों की डोरी होती हैं अनजान ग़ज़ल

ख्वाबों में बरसों थी जिसकी तस्वीर सुनो
उसके जीवन की आशा है मेहमान ग़ज़ल

लैला-मजनू, शीरीं-फरहाद, वामिक़-अज़रा
इन सबके एहसासों का है दीवान ग़ज़ल

मालिक उसकी दुनिया फिर से आबाद करें
जिसके दिल में जागे हैं फिर अरमान ग़ज़ल

'शाहिद' तेरे दर पे आया है अरदास लिये
बन जाए मेरा मज़हब मेरा ईमान ग़ज़ल

*

मिल सकी ना मुझको मंज़िल पर सफ़र चलता रहा
ज़िंदगी भर इन्तज़ारी में दिया जलता रहा

मिल सकी ना उसको शबनम हुस्न की इस रुत में, बस
आख़िरश वो आफ़ताब-ए-इश्क़ में जलता रहा

जब भी खिड़की खोलकर मैं देखती थी आपको
आँखों में उम्मीद का इक ख़्वाब-सा पलता रहा

खेल अचानक ख़त्म सारा एक झटके में हुआ
सिलसिला कुछ सालों तक वो ज्यूँ का त्यूँ चलता रहा

हुस्न वाला पर नहीं आया कोई लेने इसे
बाग़-ए-ग़म में एक आँसू उम्र भर फलता रहा

गेसुओं की ख़ुश्बुएँ दालान में फैली रहीं
आँचल उसका रात भर शाने पे ही ढलता रहा

✽

जुल्म सहती रहीं लड़कियाँ देर तक
आज सहमी रहीं बेटियाँ देर तक

भूख से मेरे बच्चे बिलकते रहे
आँख तकती रही रोटियाँ देर तक

सर्द रातों में तकते, ठिठुरते रहे
हाँ चमकती रहीं बिजलियाँ देर तक

उड़ गये सब परिन्दे चमन छोड़कर
मां को दिखती रहीं तितलियाँ देर तक

फिर अचानक बहुत शोर होने लगा
दर पे छाई थीं ख़ामोशियाँ देर तक

फिर धुआँ आसमानों पे छाता रहा
ख़ाक होती रहीं लकड़ियाँ देर तक

*

ये ऐसा संसार है प्यारे
तू भी यहाँ लाचार है प्यारे

कौन यहाँ सच बोल रहा है
झूठों का बाज़ार है प्यारे

हुस्न-ओ-मुहब्बत सब बिकते हैं
ये तो इक व्यापार है प्यारे

ये जो मुहब्बत है ना इसकी
राह बहुत दुश्वार है प्यारे

तुम इक बार करो तो जानो
कितना सस्ता प्यार है प्यारे

इश्क़-ओ-अल्लाह दो ही सच हैं
बाक़ी सब बेकार है प्यारे

जीना इसी का नाम है

✳

ख़ुशियों का जैसे लग गया बाज़ार हर तरफ़
गलियों में घूमते हैं, ख़रीदार हर तरफ़

कहना न हाल अपने दिले-बेक़रार का
तुमको ही ढूँढता है गुनहगार हर तरफ़

हम जब भी मांगते हैं मदद उसकी तो हमें
मिल जाते हैं हमारे ही ग़मख़्वार हर तरफ़

कलियों ने मुस्कुरा के गुज़ारी है उम्र यूँ
सदियों से मिल रहे हैं वफ़ादार हर तरफ़

कहता है आज ख़ुद को जो ख़ुद्दार ये जहाँ
'शाहिद' का साथ देंगे अलमदार हर तरफ़

❋

वादों पर जाँ निसार कैसे करें
झूठ पर ऐतबार कैसे करें

गुफ़्तगू का तुम्हें सलीक़ा नहीं
जाने-जाँ तुमसे प्यार कैसे करें

तेरे दीदार में जो हाइल है
तेरे चिलमन से प्यार कैसे करें

सारे उश्शाक़ सोचते हैं यही
ग़म की वादी को पार कैसे करें

ये बड़ा मसअला है उनके लिए
मोड़ कर मुँह दुलार कैसे करें

जीना इसी का नाम है

www.ingramcontent.com/pod-product-compliance
Lightning Source LLC
Chambersburg PA
CBHW051448130726
47987CB00005B/2233